『街道をゆく』では国内外を歩き続けたが、「観光地」には興味がなかった。海外ではゴビ砂漠（モンゴル）、アラン諸島（アイルランド）、バスクなどを歩いた。「辺境」を贔屓する視点が、司馬さんには欠かせない。

69
DORNOD

モンゴルの祭りナーダム（ウランバートル郊外）

夏の祭り、ナーダムの華はやはり競馬だろう。各地でレースが行われ、少年少女たちが競い合う。中央県での長距離レースのスタート。幼い顔だが、手綱さばきと度胸は魅せる（「モンゴル紀行」）

ゴビの空

司馬さんが少年の頃からあこがれたモンゴル。途方もなく広い空に、さまざまな形の雲が浮かんでいる（「モンゴル紀行」）

砂漠の力士（南ゴビ県）

夏の祭典ナーダムが近い時期で、モンゴル相撲の力士たちが突然、砂漠の中からオートバイで出現した（「モンゴル紀行」）

БАЯРЫН МЭНД ХҮРГЬЕ

スフバートル広場(ウランバートル)

街の中心部のスフバートル広場には、チンギスハンの垂れ幕をバックに記念撮影する人たちがいた(「モンゴル紀行」)

オホーツク海（北海道根室市）

冬の稚内から知床まで、ゴム長靴で司馬さんは訪ね歩いた。主人公は多くの遺跡を残した幻の海洋民族「オホーツク人」だ（「オホーツク街道」）

クマ彫像（トコロチャシ跡遺跡）

トドの骨で作られている。オホーツク人はクマを大切にし、よくモチーフにした。東京大学常呂実習施設蔵（「オホーツク街道」）

ラッコ牙偶（常呂川河口遺跡）

「ところ遺跡の館」（北見市常呂町）で展示されている。クマの犬歯で作られ、おなかのシワがなかなかリアル（「オホーツク街道」）

間宮海峡（サハリン）

オホーツク人のルーツとしては、アムール川（黒龍江）流域が古くから考えられてきた。サハリンとユーラシア大陸の間の間宮海峡を渡ってきたのだろう（「オホーツク街道」）

リヴァプール（イギリス）

ビートルズの故郷、リヴァプールはイギリス有数の貿易港として栄えた。第2次世界大戦後に急速に寂れたが、いまは観光都市に生まれ変わりつつある（「愛蘭土紀行」）

オスカー・ワイルド像（ダブリン）

ダブリン市内の公園にある作家オスカー・ワイルドの石像。観光客にモテていた。〈毒煙のようなきざっぽさを処世と芸術観にした〉と、司馬さんは評した（「愛蘭土紀行」）

nn
mm
ll
kk
nn
mm
ll
kk
ii
hh
gg
ff

トリニティ・カレッジ図書館（ダブリン）

スウィフトやベケットなどが学んだトリニティ・カレッジの蔵書は約600万冊。1712年に建てられた旧館（オールド・ライブラリー）のロングルームは圧巻（「愛蘭土紀行」）

アラン諸島

アラン諸島最大の島イニシュモア島の面積は39平方キロ。司馬さんが訪ねたころより都市化が進み、観光客も増えた。しかし自然の厳しさは変わらない(「愛蘭土紀行」)

イニシュモア島（アラン諸島）

アイルランド西部のゴールウェイ湾に浮かぶアラン諸島。どの島も石灰岩の岩盤が厚く、土壌が少ない。食べる草は少ないが、あちこちに頑張っている牛たちがいた（「愛蘭土紀行」）

司馬遼太郎の街道Ⅲ

愛した辺境

週刊朝日編集部

朝日文庫

本書は二〇一四年三月に小社より刊行された『司馬遼太郎の街道2』、同年九月に刊行された『司馬遼太郎の街道3』、二〇一六年四月に刊行された『司馬遼太郎の言葉2』をもとに再構成し、加筆・修正したものです。

文庫判によせて　「辺境」を愛する作家

『街道をゆく』の旅はまず観光地には行かない。たとえば、一九九三年の「台湾紀行」で台湾中部を走ってくれたバスの運転手さんは温厚そうな人だったが、途中で激怒したことがあった。通訳の人が、笑いながら、彼の怒りを私に説明してくれた。

「日本人の団体だから喜んでいたのに、辺鄙《へんぴ》なところばかりに行って、だれでも行く場所にも店にも行かない。土産物も全然買わないじゃないか！」

つまり店からマージンが貰えなくて怒っていたのだが、司馬さんは涼しい顔をして窓の外を見ている。担当編集者としては、運転手さんをなだめなくてはならない。

「ちょっと変わった旅なんですよ。人の行かないところに行きたがるというか……」

運転手さんの「何を言ってるんだ」といった顔をいまも思い出す。

そうはいっても、この文庫本のサブタイトルには若干のひるみがある。「愛した辺境」編としたが、辺境と言われて喜ぶ人はあまりいないだろう。

モンゴルのゴビ砂漠やアイルランドのアラン島の人たちは我慢していただくとして、「オホーツク街道」の北海道の人たち、「肥薩のみち」の熊本と鹿児島の人たち、「檮原《ゆすはら》街道」の高知の人たちは大丈夫だろうか。

しかし司馬さんが大好きだった「辺境」という言葉を使うことをお許し願いたい。

「辺境」という言葉は、こんな感じで会話に自然に出てくるのである。

『街道をゆく』は二十五年続いた連載で、司馬さんがまず場所を選ぶ。しかし司馬さんといえどもネタ切れになることがあり、そんなとき編集者に突然聞くことがある。

「次の『街道をゆく』、どこ行きたい?」

担当者になりたての頃に勝手がわからず、とくに司馬さんの志向性がわからず、

「パリですかね」

と言ったことがある。前任者がイギリス、アイルランド、オランダに行っていたこともあった。しかし、司馬さんは首を傾げた。

「僕はね、そういう中心地はなるべく行かないようにしているんだ」

司馬さんは丁寧に説明してくれた。

「これは癖なんだけど、僕は周辺部から中央を考えるのが好きで、つまり辺境がいい」

『街道』の海外編では、スペインだとマドリードよりバスクに行こうとし、モンゴルでもウランバートルよりはゴビ砂漠を選ぶ。

原点は、大阪外国語学校(現・大阪大学)でモンゴル語を学んだことに尽きると私は思っている。司馬さんは、

「生涯の履歴になりました」

と言っていた。英語でもフランス語、中国語でもなく、モンゴル語である。

巻末に収録した講演録「少数民族の誇り」は一九九五年六月のもので、私が知る限り、司馬さんが引き受けた最後の講演になると思う。このころの司馬さんはほとんど講演を引き受けず、窓口となった私はまず無理だろうと思っていた。しかし主催者にモンゴル公文書管理庁の名前があり、あいさつに来たモンゴル人二、三人を見ただけで、司馬さんの顔はほころんだのである。

「モンゴルのことはなるべくね、引き受けようと思うんだ」

と、司馬さんは言っていた。モンゴル恐るべし。

私が担当した「オホーツク街道」の司馬さんも生き生きとしていた。九二年の正月、司馬さんはまず、札幌市で「冬靴」を買った。滑り止めのある靴で、札幌ならこれで十分に歩けるが、慎重な司馬さんは少し不安だったようで、若い女性の店員に聞いた。

「これからオホーツク海岸を歩くんですが、この冬靴で大丈夫でしょうか」

「さあ、私は冬のオホーツクに行ったことがないんでわかりません」

と、店員はあっさりと言った。この瞬間、司馬さんが何とも言えないうれしそうな顔になった。つまり、「辺境」とは、愛なんです。

二〇二〇年七月一日　　　週刊朝日編集部　村井重俊

本文中に登場する方々の所属等は取材当時のままで掲載しています。

本文の執筆は村井重俊、太田サトル、守田直樹が、インタビューは山本朋史が、写真は小林修が担当しました。

司馬遼太郎の街道Ⅲ　愛した辺境●目次

地図　谷口正孝

司馬遼太郎の街道Ⅲ　愛した辺境

「夢想の国」へ　「モンゴル紀行」の世界

ナーダムの人と馬

モンゴルの夏の祭典、ナーダム。

競馬のゴールライン付近には、多くの人々が詰めかける。

〈少年少女が騎手になり、無数の馬が、三、四〇キロのコースを一気に駈《か》けるのである〉(『草原の記』)

司馬さんは一九九〇(平成二)年にモンゴルを再訪したとき、雨のなか、このナーダムをずっと見ていたという。

私たちがモンゴルを訪れたのは二〇一四(平成二十六)年。

息子や娘、愛馬を見ようと、ナーダムのゴール地点は押し合い状態だった。中継の大型スクリーンの前で携帯電話をいじっていると、

「ドコモですね!」

と、話しかけられた。

「東京外大に留学していました。もっとニッポン、頑張って。中国に負けないで」

と、励まされた。昔から日本びいきが多い国でもある。

そのうちますます混んできた。

老若男女が詰めかけ、肩や背中にごつごつ当たる。さらにものすごい力で押され、腹が立って振り向くと、人ではなく馬の大群。馬に乗って見物中の「遊牧の後裔《こうえい》」たちだった。

人と馬が織りなす国を、司馬さんの思いと共に歩いてみた。

モンゴル語奮戦記

旧制高校受験の思い出を綴った司馬さんのエッセー「一枚の古銭」を読むと、苦い青春が伝わってくる。

一緒に受験した友人と発表を見に行き、友人は合格し、司馬少年は落ちた。友人は未来を熱く語っていたが、ふと路傍《ろぼう》に転がっているような司馬少年の存在に気が付いた。

「お前は一体どうするつもりや」

泣き出したい思いをこらえていった。

「おれは馬賊《ばぞく》になったるねん、おれには馬賊が似合いや」

馬賊になるためかどうか、司馬さんは大阪外国語学校（現・大阪大学外国語学部）の蒙古《もうこ》語部にすすみ、その後、学徒出陣して満州（中国東北部）で陸軍の戦車隊小隊長となった。

敗戦後に産経新聞社に勤めながら小説を書き、一九六〇（昭和三十五）年一月に『梟《ふくろう》の城』で直木賞を受賞している。その二日後、司馬さんはこの「一枚の古銭」を発

表し、末尾に記した。

〈しかし、やがては私のロマンの故郷へ行きたい〉

モンゴル平原を疾走する騎馬民族が脳裏《のうり》に棲《す》みついていた。

〈騎馬民族の群像を、何とか自分の小説発想の場でとらえたいというのが、作家になってしまった往年の馬賊青年の、いわば悲しい願いに似たようなものなのである〉

それから十三年後の一九七三（昭和四十八）年八月、「モンゴル紀行」の旅に出ることになる。出発の前日、近所に住む友人が訪ねてきて、なかなか帰らない。

「実は明日、モンゴルへゆくんだ」

そういえば帰るだろうと思ったのだが、友人は腑《ふ》に落ちない顔をしている。しばらくして、司馬さんの顔を見たあとにいった。

「モンゴルという国、あるの？」

まだそんな時代だった。

日本とモンゴル人民共和国の国交は前年に樹立されたばかり。首都ウランバートルに日本大使館が開設されたのは七三年六月で、当時モンゴルを訪れる日本人はきわめて珍しかった。新潟空港からソ連のハバロフスクで一泊、さらにイルクーツクに泊まってモンゴルに入るための査証をようやく得ている。

〈入国査証はできていた！

（わがモンゴルよ）

と、内心、感謝で叫びたくなる思いが湧きおこったのは、こればかりは余人に伝えがたい。十八歳のときから思いを募《つの》らせていた国へ、あと一飛びでゆける〉（『街道をゆく5モンゴル紀行』以下同）

司馬さんが「！」を使うのはきわめて珍しい。こうして、永遠の馬賊青年はウランバートルに入ることになる。

◇　◇

ウランバートルの空港で、司馬さん一行を待っている女性がいた。

〈「私が案内します」

と、きれいな日本語で言い、日本式にすばやく小腰をかがめた〉

色白で、小さな黒い瞳が、利発な少女のようによく動く。

バルダンギン・ツェベクマさんだった。一九二四年生まれと司馬さんよりひとつ年下で、十二歳で習い覚えた日本語はまったく錆《さ》びついていなかった。司馬さんが泊まるウランバートルホテルに勤務し、司馬さんの取材の一切の面倒を見ることになっていたのである。

最初から司馬さんとは波長が合ったようだ。マイクロバスの中で、司馬さんは話しかける。

「ツェベクマという言葉は、どういう意味ですか」

ツェベクマさんは軽妙だった。

〈「意味？　それは乙女。――」

といってから、彼女は「大変な乙女」と付け足し、あとは白く肥《ふと》ったのどを反らせて大笑いした〉

一方、ツェベクマさんは司馬さんをどう見ていたのだろう。ツェベクマさんの著書の『星の草原に帰らん』（構成／翻訳・鯉渕信一、NHK出版、九九年）によると、日本の著名な作家であること以外、何も知らずに空港に行ったという。

司馬さんは矢継ぎ早に質問をした。ツェベクマさんの名前の意味や語源のほか、雨の降り具合、草の生育……。ホテルに着いてお茶を飲んでいても、

〈カップを眺めながら、「どこの製品ですか」と質問された。次々と発せられる質問が、これまで多くの外国人から私が受けたものとは、ずいぶん違ったものだったので驚いた

ことが記憶に焼き付いている〉

やはり、司馬さんは張り切っていたのだろう。いろいろな場面で、モンゴル語を使おうとしている。司馬夫人のみどりさんに、

「水ってどういうの？」

と聞かれて珍解答、夜のホテル中を混乱させている。

ウランバートルホテルのロビーで親しくなった筋肉質の四十男とも積極的に会話している。散歩に出かけるとき、雨が降るだろうかと四十男に聞きたかったが、雨という単語が思い出せず、

「空から水が落ちてくるだろうか」

と、聞いたりしている。

〈私の肩を叩いて、雨という言葉を教えてくれた。ポロンだった〉（「モンゴル紀行」以下同）

さらに男はもうすぐ降るぞと教えてくれたが、司馬さんはそのまま町に出ている。しばらく散歩して帰ろうとすると、歩道で大男の酔っ払いが殴り合いのけんかをしていた。放っておけばよいのに、司馬さんは仲裁に入っていったのである。よっぽどモンゴル語が使いたかったのだろう。そのときの話を私（村井）にしてくれたことがある。

「モンゴル語で『やめろ、やめろ』といって入ったんだ。ちゃんと通じたと思う。ただ、

彼らは日本人がモンゴル語を話しても全く驚かないんだ。さすがにいちど世界を征服した民族は違う。ほかの民族がモンゴル語を話すぐらい当たり前だと思っている。けんかをやめるどころか、突き飛ばされたよ」

さらに一人の男が司馬さんの肩をつかまえ、わめき散らす。

この司馬さんのピンチを救ってくれたのは、件《くだん》の四十男だった。彼は酔っ払いを引き離すと、空の黒い雲を指さし、

「ポロンが降るから帰りましょう」

と、微笑した。四十男はどうやら特殊な警察要員らしかった。

〈かれは、私が単独で町へ出かけたことで、おそらく義務として尾行してきたのであろう〉

モンゴルは社会主義全盛の時代だったのである。

そんな司馬さんのモンゴル語力はどの程度だったのか。亜細亜大学元学長で、モンゴル学者の鯉渕信一さんに聞いてみた。司馬夫妻との親交が深い「モンゴル友達」である。

「それはまた難しいことを聞きますね(笑)。ただ、モンゴル語への思いはずっとお持ちだったと思います。一九九〇年にもういちど司馬さんはウランバートルに行かれていて、そのときのホテルの一室で、『ジンギス汗出征の歌』をモンゴル語で歌われたのには驚きました。大阪外語の時代に内蒙古で流行《はや》った歌で、さすがは馬賊青年です」

鯉渕さんと司馬さんが初めて会ったのも七三年のウランバートルだった。鯉渕さんは開設されたばかりの日本大使館で勤務していて、二晩酒を飲んでいる。

「モンゴルに情熱を持った方だということを、このとき初めて知りましたね」

当時のウランバートルはのどかな町だったという。

「草原に川が流れ、そこに飛行機が降りていく。司馬さん、いい気分でウランバートルに入っていったでしょう。空港から、せいぜい十五分ぐらいで着いたんじゃないかな。いまなら大渋滞につかまると一時間以上かかります。いい馬を持っているのがモンゴル人の自慢でしたが、いまやレクサスの時代です。町は建築ラッシュで、勝手に家を建てたり、包《ゲル》を建てたり。司馬さんが見たら驚くなあ」

七九年にはウランバートルの人口は約四十万、二〇一三年だと約百三十二万。馬賊青年が憧れた草原の都は、いまやカオスにある。

モンゴル人の敵

司馬さんには食事の好き嫌いがあるが、一九七三（昭和四十八）年のモンゴル取材ではそうもいかない。食堂に行くと、支配人が寄ってくる。

「お飲み物は何になさいますか」

〈料理のことはきかない。きく必要がなく、その日その日で決まっているからである〉（「モンゴル紀行」以下同）

料理はロシア風で、羊肉がメーン。味には満足したが、注目したのは盛り付けの野菜である。

〈野菜が少量ついているのが、なにやらおかしかった。

モンゴル人は古来、野菜を食べないのである〉

ビタミンは乳製品や動物の内臓からとるので不自由がない。それより遊牧民族は誇り高く、農作業をする民族を下に見てきたという。

しかし、遊牧民族の王朝の寿命は長くない。下に見てきた農作業民族（中華文明など）にしてやられる。

たとえば金王朝を作ったツングース系の女真《じょしん》は半牧半農だったが、中華文明に吸収されている。その興亡を見てきたモンゴルは純粋遊牧だったと、司馬さんは強調する。

〈小麦や野菜は、食物という以上に、モンゴル人の敵だったのである〉

菜っ葉の油いためとフライドポテトを食べつつ、食堂の正面に舞台があることに気が付いた。

〈いつのまにか楽隊がならんでいて、大小の楽器をかかえてがちゃがちゃやり出した〉

司馬さんは音楽が苦手である。楽団は日本人向けのサービスもしたのだが、司馬さんはさっぱり関心を持たない。通訳のツェベクマさんに、あきれていわれてしまった。

〈私に、オンチですか、ときいた〉

音痴といわれた司馬さん、一応は義理で聞いてみた。

「なんの曲ですか」

「ピンキーとキラーズです」

〈彼女はその曲名まで教えてくれたが、食卓ごしの会話であるため私の耳にまでとどかなかった〉

たぶん、六八年にレコード大賞新人賞をとり、モンゴルでも大ヒットした「恋の季節」だろう。もっとも、モンゴル人が日本のメロディーを好むと聞いて喜んでいる。

〈「血は水よりも濃し」

と、つねづね、物事にあまり軽快でない私が、モンゴル独特の透明な蒸溜酒《アルヒ》に酔って、小さなグラスを挙げた〉

さて、この当時のモンゴルは社会主義国であり、いくつものタブーがあった。司馬さんは慎重に筆を進めているが、最大のタブーは、チンギスハン（ジンギス・カン、成吉思汗）（一一六二？〜一二二七）だった。

〈ジンギス・カンといえば、この旅行中、私はモンゴル人に対し、この人物の名前を出さぬように気をつかっていた〉

モンゴル帝国の初代皇帝で、世界を征服した民族的英雄である一方、ユーラシア大陸の多くの国家を壊滅させた魔王でもあった。ソ連はチンギスハンを毛嫌いしていた。

〈ロシアを征服し、「タタールのくびき」という言葉でもわかるように、ロシアの農民や牧畜者を搾木《しめき》でしめあげるように搾取したからである〉

そんな状況下の六二年、モンゴルで事件が起きた。

〈国家をあげてジンギス・カン生誕八百年という大記念行事をやってしまった〉

ソ連政府を激怒させ、式典は中止になり、モンゴルの政治指導者や学者たちが公職を追放された。さらには国家をあげて、チンギスハンの侵略を批判するようになり、批判しないものは糾弾された。

〈以後、ジンギス・カンという名前はこの国家にあっては禁忌《タブー》になった〉

しかし、これに憤慨するモンゴル人は多かった。ツェベクマさんもその一人で、著書『星の草原に帰らん』に書いている。

〈チンギス汗の故郷でチンギス汗の功績さえ自由に語れない、政治とかイデオロギーというものには、ほとほと愛想が尽きる思いだった〉

『星の草原に帰らん』によると、司馬さんとツェベクマさんはこんな会話を交わしている。

「チンギス汗は今、どうなっていますか？　ツェベクマさんはどうお考えですか？」

ツェベクマさんは言葉を選んで答えている。モンゴルでは厄介な問題であり、いまはお答えすることはできません、といった後、

「私が自分の考えを持っていない人間とは思わないでください。きっと、お話しできるときがくるでしょう」

といった。司馬さんは、

「わかりました。それで十分です」

とだけ、答えている。二人は九〇年に再会を果たす。七三年の旅は壮大なプロローグでもあった。

◇　◇

モンゴルは九〇年に民主化され、国名も「モンゴル国」となった。司馬さんの最初の旅から約四十年がたった二〇一四年七月、ウランバートルを訪ねると、街はさまざまに大きく変化したようだった。

国立科学アカデミーの前に立っていたスターリンの銅像は、民主化直後に引きずり下ろされた。司馬さんが「顔が真面目くさっている」と書いた銅像で、その後、ディスコの巨大なモニュメントとなっていた時期があるという。スターリンが睨む中、「ジンギスカン」をモンゴルの青年たちが踊っていたかもしれない。

いまは国立中央図書館となり、民族学者の銅像が建てられている。

司馬さんが泊まったウランバートルホテルの前庭には、民主化以後も長くレーニンの銅像があったが、これも国民的な詩人のナツァクドルジの銅像に替えられた。「モンゴル紀行」でもその「美《うるわ》しき地」という詩が紹介されている。

タブーだったチンギスハンは、街の中心「スフバートル広場」の政府宮殿前に鎮座していた。ホテル名や大通りにも名がつけられていて、知り合った三十代後半の日本通のモンゴル人に〝抗議〟された。

「日本でジンギスカン鍋を食べているでしょう。あれはよくないです。僕らにとっては英雄なんですから、鍋の名前に使わないでほしい」

亜細亜大学元学長で、司馬さんのモンゴル友達の鯉渕信一さんはいう。

「チンギスハンの排除は結局、民族主義の問題でした。かつてのソ連は少数民族を抱える多民族国家で、領内にはブリャート・モンゴル人もいました。チンギスハン生誕八百年も最初は許したが、これは危ないということになった。チンギスハンは、モンゴル民族がひとつになるシンボルであり、それを恐れたんです」

司馬さんが学生時代から会いたかったのがブリャート・モンゴル人。しかし彼らはロシア革命で弾圧され、逃げてきたモンゴルでも弾圧された歴史を持っている。実はツェベクマさんもブリャートだが、「モンゴル紀行」にその記述はない。デリケートな『街道』だったのである。

鯉渕さんは七〇年代のウランバートルに滞在していたことがあり、この時代の〝食料事情〟にも詳しい。

「野菜がなく、北京で玉ねぎを買ってきて大事に使い、残り少なくなってくると、水生栽培をしたものです。牧畜大国なのに市場には肉も不足していました。物売りの人といかに仲良くなるかが重要でしたね」

現在の市場に行くと「モンゴル人の敵」があふれていた。さつまいも、玉ねぎ、ラディッシュ、ウリ、ナス、大根、ブロッコリー、セロリ、ネギ、パプリカ、とうもろこし、トマト、ジャガイモ……。肉類もたっぷりあり、コイやナマズなど淡水魚もあった。かつてのモンゴル人は水に濡れるのを嫌い、魚をほとんど食べなかったというが、この点も変化している。鯉渕さんは説明してくれた。

「日本にモンゴルの友人が来ると、まず焼き肉屋に連れていったものですが、最近では『先生、すしが食いたいんだが』という人もいます。ウランバートルに回転ずしがある時代ですからね」

街は大きく変わったが、ゴビ砂漠はどうだろうか。司馬さんと同じく、南ゴビに向かうことにした。

ラクダと画伯

一九七三（昭和四十八）年八月、司馬さん一行を乗せた飛行機は南ゴビを目指して飛んだ。緑の草原地帯《ハンガイ》が途切れると、やがて赤い鉄さび色の大地が出現した。

〈（これが、ゴビ砂漠か）

何度も自問した〉（『モンゴル紀行』以下同）

ゴビ砂漠は総面積約一三〇万平方キロ。モンゴル南西部の大半を占め、南は中国の内モンゴル自治区、西は甘粛省《かんしゆく》まで及ぶ。古来、匈奴《きようど》や突厥《とつけつ》、そしてモンゴルら遊牧民族の天下だった。

永遠の〝馬賊青年〟の司馬さんにとり、憧れの大地である。しかし、ゴビ砂漠といっても、砂だけの世界ではない。

〈漠然とみれば茶褐色にみえても地面に目を近寄せると、まばらに短い草が生えている土地をゴビという〉

飛行機は高度を下げ、なめらかに着陸した。飛行場などはなく、ゴビの〝草原〟のた

だなかを飛行機はすべっていく。

やがて白い包が十七～十八個ほど見えてきた。司馬さん一行が泊まる〝ホテル〟だった。

〈包の群れの前に停止した。飛行機が横付けになってくれるような宿舎は、世界中のどこにもあるまい〉

タラップを下りると、大地から淡い香りがした。

「これは、何のにおいですか」

司馬さんが聞くと、通訳のツェベクマさんは誇りに満ちていった。

「ゴビの匂いよ」

〈人さし指ほどの丈《たけ》のニラ系統の草が、足もとでごく地味な淡紫色の花をつけている。（略）その花のにおいだった。空気が乾燥しているため花のにおいもつよいにちがいなく、要するに、一望何億という花が薫っているのである〉

司馬さんはこのとき、ツェベクマさんの一人娘の言葉を思い出した。

「よその国の草は匂わない」

一人娘のイミナさんは当時、ソ連のレニングラード（現・ロシア・サンクトペテルブルク）大に留学していた。都会に暮らし、モンゴルの素晴らしさを忘れてしまうのではと、心配したツェベクマさんだったが、杞憂《きゆう》に終わった。

〈卒業したらまっすぐにモンゴルへ帰る、モンゴルが世界のどこよりもいい、といってその母親をよろこばせたというその感想を、私はゴビ草原へきてやっと理解できた〉

さて、ゴビでの司馬さんはなかなかワイルドである。ラクダを五十頭ほど飼っている遊牧民の包を訪問している。

家族総出で歓迎してくれ、

「日本人《ヤポン・フン・バイノ》であるか」

と、家長は司馬さんに抱きつき、包に招き入れた。テーブルの上には各種の乳製品が並ぶ。もちろん自家製で、原材料はラクダの乳である。

司馬さんは立て続けに金属製のドンブリ二杯のラクダの乳酒を飲まされた。しかし家長はまだ勧める。

〈手をふってあやまると、横からツェベックマさんが、「ここの家の駱乳酒はとくべつおいしいんです」とすすめた。やむなく三杯目のドンブリをかかえてしまった〉

「駆けつけ三杯」であっさりほろ酔いとなった司馬さんは、ラクダを観察している。

〈前へまわってその愚直そうな顔をながめると、目が可愛い〉

フタコブラクダである。コブをつかみながら、司馬さんは乗った。

〈座ぶとんのように大きな足が、べたっ、べたっと砂を踏んでゆく。足の形態は、いかにも砂を踏むことに適《む》いている〉

ひと回りして降りると、また家長が駱乳酒をドンブリに注いでくれた。味についての描写は特にない。

◇　◇

司馬さんの旅から四十一年、もちろんゴビにも変化がある。

司馬さんが降りた〝草原飛行場〟はなくなり、四〇キロほど離れたダランザドガド空港がゴビの玄関口となっている。

舗装道路は空港周辺だけで、草原になると道もない。ガタガタ揺られる車の運転手さんの名は「エンヘ」さんという。

「平穏という意味だね。九人きょうだいの九番目なんだ。ほかのきょうだいは長い名前だけど、おれだけ短い」

ご両親、名前を考えるのが面倒くさくなったのかもしれない。

平穏で優秀なドライバーだった。

「ハンガイとゴビでは羊の味が違う。スープにすればよくわかるけど、ゴビの肉のほうが香りがあるんだ」

エンヘさんは休憩したとき、道端の草花の説明をしてくれた。

「薄紫色の花をつけるのがフムル、白い花をつけるのがターナ。両方とも栄養価が高く、羊の大好物だね。モンゴルという草は馬の好物。南ゴビの小学生たちは、ターナやフムル、モンゴルなどを摘んで草の団子を作るんだ。百個集めるのが夏休みの宿題で、三十人のクラスだと三千個。これが遊牧民一家族が冬を越すためのエサになるね」

エンヘさんは四十九歳。二十三歳の娘と七歳の女の子がいる。もうすぐ七歳の子と一緒に、草団子を作りに行くよといっていた。

司馬さんのようにラクダに乗るため、エンヘさんの知人の包を訪ねた。遊牧兼観光用のラクダが十数頭、ごろごろしていた。

そのそばを、七歳と五歳の可愛い女の子が裸足で走り回っている。妹のほうがピンクのマニキュアをしている。おませさんの姉妹に、巨体のラクダたちがあっち行け、こっち行けと、指図されているのがおかしい。

お父さんのエルネデさんはちょっとシブくて、V6の森田剛に似ていなくもない。ラクダの群れを追ったり、観光客を乗せたり、お土産を出張販売したりと、とても忙しい。

そこで当方がラクダに乗り、それをエルネデさんに引っ張ってもらいながらの〝騎乗インタビュー〟となった。

「もともとは馬を飼っていた。ラクダのほうが馬より夏も冬も強いね。いまは三十頭ぐらいかな」

遊牧の暮らしもずいぶん変わったという。電化製品が増え、エルネデさんの包には冷凍庫もある。

「十年前まではテレビがなく、せいぜいラジオで、この辺りだけが世界のすべてだった。ラクダもいなくなれば、ラクダに乗って捜したけれど、いまは携帯で連絡を取り合い、オートバイで捜す。今年の初めに中国製のバイクを買ったんだ。日本製は高いだろう？え、値段は高くても寿命は長いって？ 考えようかな」

ラクダは砂丘を楽々と登ったり下りたりする。ただし、あまりご機嫌はよろしくなさそうだった。司馬さんに比べ、当方の体重が重すぎたためかもしれない。エルネデさんに将来の夢を聞いた。

「娘たちが幸せに育ち、このラクダのいる環境が続くこと、自分が飼うラクダがもっと増えるのが夢だね」

砂丘とゴビの空しかない世界をラクダは進む。この風景は七三年当時とまったく変わりがないだろう。

◇　◇

司馬さんの旅に戻ると、ゴビに来た当初から、司馬さんには期待があった。

〈ひょっとすると、凄い星空が見られるかもしれない〉

夕食で羊の肉団子の入ったスープを飲み、モンゴルの蒸留酒アルヒを何杯か飲み、またしても酔ってきた司馬さんである。

夜になり、懐中電灯ひとつで外に出た。後ろには夫人のみどりさんが歩き、やがて画家の須田剋太《こくた》さんも近づいてきた。

「星というのは絵になるのでしょうか」

と、司馬さんは聞いたが、須田さんは星空に心も竦《すく》んでいたのか、返事はなかった。司馬夫妻も感動したが、さらに須田画伯の感動は大きかったようだ（六〇ページ「余談の余談」参照）。

星の散歩を終えて、司馬さんは包に戻った。包には裸電球が一個あるが、発電機が午後九時には止まってしまうため、それまでにはベッドに入らなくてはならない。

天窓からも星が見えた。

星を見ながら、司馬さんは今日は眠れそうにないなと思った。

日頃から早寝に慣れていないし、そう思うことでますます眠れなくなる。しかし、これも杞憂だった。

〈翌朝家内にきくと、マンガの古代人がホラ穴で眠っているような感じで、悠長ないびきをかいて眠っていたという〉

駱乳酒や馬乳酒、アルヒを飲んだ疲れもあったのだろう。その夜、司馬さんはどんな夢を見たのだろうか。

司馬さんにしては珍しいワイルドな旅はまだ続く。

草原を駆けた少女

ゴビ砂漠は動物天国でもある。

司馬さん、ラクダの次は馬が見たくなった。すでに夕方だったが、太陽は真昼のようにかがやいている。馬の遊牧地に着くと、ソフト帽をかぶった老人が笑顔で出てきた。モンゴル人は客好きで、ここでも歓待を受けている。

やはり、馬乳酒が出た。

〈断わろうとおもって手をふったが、馬乳酒の大ドンブリをかかえた老人はニッと笑って、私に押しつけてくる〉(「モンゴル紀行」以下同)

すでにラクダの包で駱乳酒をドンブリ三杯以上飲んでいる。司馬さんはモンゴル語で丁重に断ったが、老人はゴビの情報通でもあった。

「あれはラクダの乳だったろう。これはお前、馬の乳だぜ」

といわれ、降参して口をつけた。

〈ここ数日間、気にならなかった馬乳酒のにおいが、軽く刺すように、鼻腔を刺激し司馬さんはここで馬の繋《つな》ぎ方に興味を持っている。包のそばに、二本のポールが七メートルほどの間隔で立てられていた。ポールの高い位置でロープが横に渡されている。そのロープから垂直に何本かのロープが垂らされ、ロープごとに馬が繋がれている。

〈モンゴル馬の特徴は、繋がれているときは何時間でも微動だにしないことだといわれる〉

司馬さんが見た二頭の馬も、木馬のように動かなかった。

〈この温和な馬とともに、モンゴル民族は紀元前このかた、この高原で消長を経てきたのである〉

通訳のツェベクマさんに司馬さんは聞いた。

「ツェベクマさんは、騎《の》れますか」

声を出さず、ただうなずいた。

〈くだらないことをきくな、という感じだった〉

ツェベクマさんの著書『星の草原に帰らん』を読むと、彼女の沈黙の意味がわかる。

ツェベクマさんは一九二四年、現在のロシアのゾガーライ村に、遊牧民一家のひとり娘として生まれた。その後ロシア革命の迫害をのがれ、三歳で満州国の内蒙古（現在の中国・内モンゴル自治区）に移り住んでいる。

幼少期を過ごしたのはホロンバイル草原のシネヘン村。村には川幅二〇メートルほどのイミン川が流れていた。イミン川のほとりや森は、少女時代のツェベクマさんの大切な遊び場だった。春から夏はコケモモや黒スグリの実を摘み、ジャムやジュースを作る。秋になると、ツァガーン・ムーグというマッシュルームのような白いキノコを採った。

〈家族で木の実やキノコ採りに行き、家畜の世話をし、乳をしぼり、草原を馬で駆けて過ごした。シネヘンの記憶は、私の生涯でもっとも明るいものとして鮮明に残っている〉（『星の草原に帰らん』以下同）

のちに娘を川の名にちなみイミナと名付けるほど、草原への思いは深い。

もっとも、草原には怖い伝説もある。夜に草原を馬で走っていると、馬が動けなくなってしまうという。

〈怖くて怖くて必死になって、馬の足元に魔物が取りつかないように、馬上から鞭《むち》で振り払いながら馬を駆けさせた〉

こうした豊かな自然のなかで育ったツェベクマさんは、十二歳のとき、ホロンバイル草原の中心的な都市、ハイラルの近郊で日本語を学んだ。日本語と日本の文化を学んだことを、ツェベクマさんは終生の誇りとしていたが、激動の人生の原因ともなっている。

ツェベクマさんが愛したホロンバイル草原の自然は変わらなかったが、〝国〟が変わった。満州国は中華人民共和国となる。

大学教授の夫と結婚し、幸福に暮らしていたものの、反右派闘争などで夫妻は迫害を受けた。ツェベクマさんが日本語に堪能だったことも一因となった。娘のイミナさんを連れ、モンゴルに出発したのは五九年である。

激動の人生について、七三年の旅では詳しく話してはいない。しかし、司馬さんは察していたようだった。

ゴビで羊とヤギの群れを見ながら、ツェベクマさんが笑った。

「おかしいね」

外観も生態も似たような動物で、牧人は一緒に飼っているが、同じ仲間だけで固まり、離れて群れをつくっている。ツェベクマさんは不思議なほどにこの話を繰り返した。

〈単に童話的におかしがっているのか、それとも人間の世界に置きかえているのか〉（「モンゴル紀行」以下同）

満州国時代、モンゴル人と中国人の雑居地帯で暮らしたが、両族は決して入り混じらなかった。

〈さらには成人後、中国という政治状況のなかで苦労したという経験が彼女にある〉

西欧人がみれば似たような二つの民族だが、政治的には別々の枠を作らざるを得ない。

〈ひいては広く民族というものはそういうものではないか、ということを暗に彼女は言いたくて、ヤギとヒツジの群れをしつこく語っているのではないか〉

夜、蒸留酒アルヒに酔いつつ、司馬さんはツェベクマさんに聞いた。

「人生は長いですか」

言下に答えが返ってきた。

「短いですね」

◇　◇

司馬さんの旅から四十一年後、南ゴビ県は相変わらずダイナミックな自然にあふれていた。優秀なドライバーは三日通算で七〇〇キロを走破してくれ、当然舗装していないため、首と腰にかなり響いた。道中、司馬さんと同じく遊牧の包を訪ねた。

三頭の馬が繋がれたそばの包のなかでは、二組の家族がいた。ご主人同士が兄弟で、二組とも三人の子どもがいる。兄の妻、バトツェツェグさんが馬乳酒を勧めてくれた。

「まだつくりたてだから、あんまり飲むとおなかをこわしますよ」

と、笑う。冷たくて酸っぱくておいしいが、都合ドンブリで五杯ほども飲んだ司馬さんの胃腸に敬服した。

「私たち夫婦はもともと遊牧民の出身。それぞれ馬に乗って、散らばった馬や羊を集めたりして、知り合いましたね」

七歳の娘はモンゴルの夏の祭り、ナーダム（競馬）に参加するほど馬に乗るのが上手。ただし、十歳の兄は馬が苦手で、テレビゲームを楽しみ、そのあとワールドカップの試合とロシアのアニメを楽しんでいた。

「衛星放送で六〇チャンネルぐらい見ることもできるのよ」

と、時代は変わっている。

「弟はふだんはゴビの鉱山でブルドーザーを運転していて、今日は遊びに来て、手伝ってくれます。そろそろヤギの乳搾りの時間なの」

九十七頭の羊と二百六十頭のヤギがいるという。羊が圧倒的にヤギに押されている感じ。同行していただいた亜細亜大学元学長の鯉渕信一さんが残念そうな顔をしている。

「『あわてる人、ヤギを飼う』ということわざがあります。あわてるとくだらないものを手にするという意味で、昔はヤギの評判は悪かったですよ。ヤギの肉は薄くて体が冷えるとか、草を根こそぎ食べて草原を劣化させるとか。でも状況は変わってきましたね。ヤギの毛は高価なカシミヤの原料になるため、最近はヤギを飼う遊牧民が増えています」

ヤギの乳搾りが始まった。

家族総出でヤギを集めはじめた。馬が苦手な男の子もヤギには強く、器用に集めていた。

集まると長いひもを使い、バトツェツェグさんが雌ヤギたちをくくり付けはじめる。あっという間に約九十頭が首のあたりを数珠《じゅず》繋ぎにされ、どのヤギも呆然としている。

全部で二〇リットルほどの乳を集めるそうだ。乳を搾られて解放されても、衝撃のためか、首をかしげたポーズで立ち止まっているヤギが多い。やはりヤギも縛られるのは好きではないようだ。

この間、鯉渕さんは隣の台所用の包のかまどをのぞいていた。

「ご覧なさい。遊牧の燃料は家畜のフンなんです。馬、羊、ヤギ、ラクダ、動物によってフンの名前も違うし、状態によっても違います。すぐに乾きますから、これがとてもいい燃料になる。ニガヨモギやフムルなどを食べてますから、燃やすと実にいい香りがします。最高の燃料ですね。試してみますか」

と、力説しているところへ、バトツェツェグさんが帰ってきた。

「こら、どうして私のお城に勝手に入っているの」

鯉渕さん、笑いながら退散した。

帰ってきた夫

一九七三（昭和四十八）年八月末、司馬さんがゴビに別れを告げる日がやってきた。
〈私は、機体にむかって歩き出した。踏んでゆくゴビ草原の草花の一本一本につよい哀愁を感じた〉（「モンゴル紀行」以下同）

薄紫色の花の名は「フムル」。羊たちの大好物だが、司馬さんは土地の人に別名を聞いたようだ。

〈ゴビン・ハタン（ゴビの妻）という。（略）この草花のそよぐ大地に、このつぎいつ来ることができるかと思うと、ちょっとつらい感情が地上に残りそうだった〉

ウランバートルに戻り、二日後に司馬さんは帰国の途についている。

空港には通訳のツェベクマさんが送りに来てくれた。このとき、同行した夫人のみどりさんに、青いトルコ石のペンダントを贈っている。

祖母から母に、そして自分に伝わったものだという。みどりさんは当時をふりかえり、いっていた。

「もらったときは、いやどうしようと思ったのよ。司馬さんからも、もらったことがないんですから（笑）。いまでも大事に持ってますよ」

夫妻にとってツェベクマさんは忘れられない人となった。こうして七三年のモンゴルの旅が終わり、それから十七年の時が流れた。

◇　◇

司馬さんはその後も、ときどきツェベクマさんの消息を、人づてに聞いていた。ウランバートルホテルを定年退職したこと、生き別れとなったご主人に再会したこと……。

一九九〇（平成二）年春、モンゴルのツェベクマさんに、日本から電話がかかってきた。親交の深い鯉渕信一さんだった。

「司馬先生が今夏、モンゴルを訪ねて、ツェベクマさんの半生について、いろいろお話を伺いたいと希望しているのですが、いかがでしょうか」

すぐに司馬さんと旅したゴビの思い出がよみがえってきた。当時は話せないことも多かったが、モンゴルは民主化へと歩みだしていた。

「先生にお伝えください。何でもお話しできる時代がきました。ご来訪を楽しみにお待ちしています」

こうして司馬さんは、再びモンゴルを訪ねることになる。九〇年七月のことだった。旅にはいろいろな目的があったが、結局、二つの作品が残されている。

ひとつは読売新聞夕刊に五回連載した「モンゴル素描」で、その冒頭に書いている。

〈私は、モンゴルを楽しみの対象にしてきた。おかげで、五十年も、この国とそこに住むひとびとのことを考えてきて、いまだに飽きることがない〉（『司馬遼太郎が考えたこと15』）

もうひとつがツェベクマさんの人生について描いた『草原の記』（新潮文庫）。司馬さんはかつて私（村井）に話したことがある。

「小説という定義にはあてはまらないかもしれないが、僕のなかでは小説なんだけどなあ」

司馬さんは再会したツェベクマさんと、モンゴルの夏の祭典「ナーダム」も一緒に見ている。ナーダムの待ち時間の間、ウランバートル郊外のホテルで二人はお茶を飲んだ。

〈ブルンサインの亡くなった前後のことについて、確認するように質問されたのが強く印象に焼き付いている〉

と、ツェベクマさんは著書『星の草原に帰らん』に綴っている。

彼女と夫ブルンサインさんの数奇な運命が、『草原の記』の主要なテーマだった。

二人は一九五〇年に結婚した。中華人民共和国が誕生し、若い夫婦は内モンゴル自治区の住民となった。五四年に娘のイミナさんを授かる。

しかし平穏な時代は続かなかった。ブルンサインさんは内モンゴル大学文学部教授だ

った が、五七年暮れからの反右派闘争などで糾弾された。戦前に東京高等師範学校(旧東京教育大)に留学した経歴、さらには、モンゴル民族固有の文化を守るべきだと主張したことが問題視された。

〈むかしもいまもモンゴル人の独立運動をよろこぶ中国の政治家は、一人もいない〉(『草原の記』)

ツェベクマさんも日本人教師から日本語教育を受けたこと、さらにはいまも日本にシンパシーを持っていることが批判の対象になった。このままではイミナさんの命も危ないと夫婦は考え、ある決断をしている。ブルンサインさんは中国にとどまり、ツェベクマさんとイミナさんがシベリア経由でモンゴル人民共和国をめざすことにしたのである。

五九年十二月十八日、親子三人は北京駅で別れている。まだ五歳のイミナさんだが、永訣《えいけつ》を予感し、父親から離れようとしなかった。

やがて列車が走り始め、ツェベクマさんは涙を振り払って顔をあげた。北京駅での思い出はその後も心に残り、駅をみれば悲しい気持ちになったという。

〈その時から駅というのは、人に別離を迫るためにあるものだと思うようになった〉

と、著書にある。

その後、ツェベクマさんはウランバートルホテルで働くようになり、イミナさんも、大好きだった父親のいない生活に耐えた。長じてレニングラード大に進み、卒業後は、モンゴル工科大学の電子工学の教授となった。結婚し、息子も生まれた。

しかし、ブルンサインさんはさらに文化大革命で迫害を受け、長年にわたって投獄された。学問の場から引き離され、ようやく復帰したときはすっかり体調を崩していた。

〈ブルンサイン教授が生きている、ということをツェベクマさんが知ったのは、一九八四年のころだったらしい。しかし再婚している、ということも知った〉(『草原の記』)

と、司馬さんは書いている。

八五年六月、再会の日が来た。

ウランバートルの駅にはイミナさんだけが迎えにいった。列車が到着しても、イミナさんが記憶している父親に似た人は現れない。

〈現実にプラットフォームにこぼれ落ちたのは腰の折れまがった老人で、他の人に介《たす》けられてやっと顔をあげた。それが父親だった〉

傷つき、重い病に侵されていた。

付き添う中国人の〝妻〟と称する女性はいたものの、その姿を見たとき、ツェベクマさんは思った。

〈夫は自分のもとで死ぬためにここまできた〉

やがて〝妻〟は帰国する。

数カ月後、ブルンサインさんはツェベクマさんの腕のなかで息を引き取っている。六十一歳だった。

◇　◇

司馬さんの再訪から二十四年後の二〇一四年七月、ツェベクマさんの娘、イミナさんが住むウランバートル郊外の景勝地、テレルジを訪ねた。

豊かな自然のなか、ここに「ツェベクマ・ツーリストキャンプ」がある。十五棟の包と十棟のログハウスがあり、ツェベクマさんの足跡を伝える資料室もある。ツェベクマさんがイミナさんに伝えたブリヤート・モンゴル料理が自慢で、やはり日本人観光客は多い。

「母はホテルを定年後、ウランバートルの郊外に小屋を建て、牝牛二頭を飼って暮らし始めました。もともと遊牧民の娘ですからね。やがてここに移ると、『草原の記』を読んだ日本の人がよく訪ねてくるようになり、それならいっそ日本人が来やすいキャンプをつくろうということになりました。いまは牝牛四頭を含め牛は十数頭、羊も同じぐらいいます。チーズやヨーグルトなど、自家製ですよ」

イミナさんはまだ大学で教えているが、母同様に牝牛の世話をしてテレルジで過ごすことが多い。

「自分でもびっくりするほど母親に似ています。まるでコピーです」

と、笑う。

八歳年上の夫、バートルツォグトさんは芸術大学の学長や文化省副大臣を長くつとめた。イミナさんをいつも優しく見守るナイトである。

「イミナのゆったりしたところは父親似で、いうべきことをはっきりいうのは母親似です。義母《はは》はまっすぐで、頑として揺れない人でしたね。父と娘を会わせたい一心で、再会したときも毅然としていました」

イミナさんも当時を振り返る。

「父は無実の罪で十年刑務所に入って苦しみ、出所後も政治的に妻をあてがわれました。私はその事情を理解しているし、父のことも尊敬しています。しかし母を思うと、胸がいたみました。再会は私の人生のなかでもっとも、つらい瞬間でした」

イミナさんは、『草原の記』に深い感銘を受けたという。

「自分たちは社会主義の教育を受け、遊牧を遅れた文化だと教えられてきました。しかし『草原の記』を読んで、自分たちの遊牧の文化が決して遅れたものではなく、ローマや中国に匹敵する文明だと考えていいのだと教えられた。世界的にもモンゴルの遊牧文化を文明としてとらえる考え方が、少しずつ出てきています。司馬さんはその先駆者ですね。『草原の記』は、モンゴル人のために書いてくれたと思っています」

イミナさんはそれから、司馬さんに日本で会った日のことを語り始めた。

日本への熱い思い

「モンゴル紀行」の通訳、ツェベクマさんは一九九一年五月、念願の来日を果たした。娘のイミナさんとその夫のバートルツォグトさん、孫のアマル君の四人を司馬さんが招待している。遠慮するツェベクマさんに、

「ご自分の人生に十日間の休暇をあげるつもりで、気楽にいらっしゃったらいかがですか」

と、誘っている。

同行したイミナさんはいう。

「十二歳で日本語を習ってからずっと憧れ、でも決して行けないと思っていた日本です。母はとても興奮していました」

旅の間、『草原の記』の編集者、伊藤貴和子さんがツェベクマさんたちと一緒にいることが多かった。伊藤さんは司馬さんの二度目の旅に同行している。

「ホテルオークラが宿舎で、司馬先生が部屋の鍵について、ツェベクマさんにあれこれ

説明されてました。ツェベクマさんは子ども扱いされるのが嫌で、『先生、私もまんざら、そんな田舎者じゃありません』と、ふくれたり（笑）。海を見たことがないとおっしゃるので、江の島の海岸にお連れしました。みなさん、感激されてましたね」

滞在中、司馬さんは食事のとき、イミナさんにこんな話をした。

「御茶ノ水駅の近くに聖橋《ひじり》という橋があります。お父さんのブルンサインさんは東京高等師範学校（旧東京教育大）に留学されていたから、きっと大学の近くにあった聖橋をよく渡ったはずです。橋の石畳一枚一枚にお父さんの足跡があると思って、イミナさん、歩いたらいいですよ」

イミナさんはこの言葉が忘れられない。

「なんて繊細な方だと思いました。そういう言い方で、苦難に満ちた父の人生を思いやってくれた人はいないだろうと思います。次の日、聖橋を渡りました。父の学生時代の写真があるんです。それを思い出しながら、泣きながら橋を渡りました」

ツェベクマさんは著書の『星の草原に帰らん』に書いている。

〈イミナが何を考えながら歩いていたのか、私は何も聞かなかったし、娘も何も言わずに歩いていた〉

ブルンサインさんへの思いをかみしめるような旅でもあった。

帰国後のツェベクマさんはますます元気だった。遊牧の暮らしはさらに充実したものになっていった。

九六年に司馬さんが亡くなったときは深い悲しみに沈んだが、大阪でのお別れ会にも出席した。前日にお悔やみのために東大阪市の司馬宅を訪ねた。その姿を玄関で見たときのことを、夫人のみどりさんは忘れない。

「あの人の人生もこれで完結したと思いましたね。司馬さんのモンゴルは、ツェベクマさんに始まりツェベクマさんに終わった。司馬さんのロマンチシズムの完結だったのかな」

ツェベクマさんも二〇〇四年三月に亡くなった。イミナさんはいう。

「母は強い人です。亡くなる間際に目を覚ましていいました。『私はそう簡単に死にはしないし、死を恐れてもいない。だからおまえ、泣くんじゃないよ』と。いっときだけ元気な母に戻りました。最後まで勇気のある人でしたね」

司馬さんは『草原の記』で、チンギスハンの後継者、オゴタイハンの言葉を記している。

「人間はよく生き、よく死なねばならぬ。それだけが肝要で、他は何の価値もない」

よく生き、よく死んだツェベクマさんの魂魄《こんぱく》は星の草原に遊び、イミナさんたちを見守っているだろう。

◇　◇

一四年七月、モンゴルは大きく変わりつつあるが、夏の祭典ナーダムへの歓声は変わらない。ツェベクマさんに再会した九〇年、司馬さんは雨のなか、少年少女たちの競馬を二時間近く立ち尽くして見ていたという。

『草原の記』の取材など、司馬さんの仕事に深くかかわってきた鯉渕信一さんは、ウランバートルを四十年以上見続けてきた。昨今のモンゴル事情には、〝シンパ〟の鯉渕さんでも首をかしげることは多い。

道はつねに渋滞し、交通マナーが浸透していないためか、事故を見ない日はない。建築ラッシュで一見景気はいいが、現場で働く労働者はモンゴル人より給料が安い中国、朝鮮系の人々が多い。土地問題、環境問題は年々、悪化している。

鯉渕さんはいう。

「司馬さんの本に描かれたモンゴルと、いまのモンゴルとはずいぶん違います。金儲けに走る人が増え、土地を柵で囲むようになった。ただ、根本は変わっていないと信じています。お金を儲けてもすぐ使ってしまう人たちだし、蓄財する考え方はあまりありません」

司馬さんはモンゴル人の心は草原にあり、

〈要するに都市など要らない、という気分がどのモンゴル人にもありつつ、首都ウランバートルにおける都市性は存在している〉（『草原の記』）

と、記した。

「司馬さんがいまの混沌《こんとん》たるウランバートルを見て果たしてどう思うでしょうか。嘆《なげ》くと思う一方、モンゴルが発展することを願っていた方でもあります。国の発展は物まねから始まります。この発展途上の姿もおおらかに見られたのではないか。伝統文化に固執するお考えはなかった。馬の代わりにオートバイが活躍する時代になった遊牧も、案外おもしろがられたのではないでしょうか」

遊牧の形は変わっても、家畜の数は増えているという。

「社会主義時代の約七十年間、二千五百万頭が目標でしたが、達成できた年はあまりなかった。民主化後、いまは五千万頭近い家畜がモンゴルにはいます」

競争原理がよく働いているし、カシミヤの原材料としてヤギが重宝され、増えているそうだ。

「いまやGDPの多くを鉱業が占めています。石炭、銅、亜鉛、タングステンなどで、買い手は中国が中心。石油はロシアから買いますから、相変わらず経済は、中国、ロシアに首根っこを押さえられている。日本に経済進出してほしいという声も強いんですよ。好きな国、期待する国の上位には日本がいるんですから」

日本文学翻訳家のオチルフウ・ジャルガルサイハンさんに会った。

『草原の記』の翻訳者である。鯉渕さんがモンゴル国立大学で教壇に立っていたころの教え子で、大学を卒業し、いったん田舎に帰って中学校の先生になった。

「遊牧民の子がいて、よく教室から逃亡しました。私は、アンドウハナの気持ちがよくわかります」

衛星放送でNHKの朝ドラ「花子とアン」を欠かさず見ていて、甲府のいたずらっ子に悩んだ安東はなの気分がよくわかるのである。

九三年十月に東京学芸大に留学するため来日した。一年後には子どものハグバオチル君を呼び、通称〝ハクバ君〟は鯉渕家に入り浸りになった。

「草原で育ったハクバは、夜に木がそよぐ音が不気味で怖かったようです。草原には遮るものがありませんから。『水戸黄門』が好きで、すし屋の前を通ると、『侍の家だ!』と喜んでいました」

鯉渕さん経由で聞く、ハクバ君の〝日本体験談〟を、司馬夫妻はずいぶん楽しみにしていた。その後もハクバ君はみどりさんによく手紙を書いていた。日本大使になるのが夢だったハクバ君は現在、アメリカのロサンゼルスでMBAの取得をめざしている。もう二十七歳で、結婚して女の子の赤ちゃんもいるそうだ。

「『草原の記』を読むと、いろいろな馬の話が出てきます。私の知らない話も多く、司馬さんはモンゴル人が大事にしている馬の感覚をしっかりつかんでいることを知り、泣きそうになりました」

と、ジャルガルさんはいう。

司馬さんが亡くなったとき、ジャルガルさんは司馬さんの古巣である産経新聞に投書している。

「生まれ変わったら、先生が愛したモンゴルの草原にいらっしゃい」

といった内容だった。

現在は村上春樹さんの著作も翻訳するなど売れっ子の翻訳家だが、

「『モンゴル紀行』『韃靼疾風録《だったんしっぷうろく》』『戈壁《ゴビ》の匈奴』はぜひ訳したいと思っています」

それからジャルガルさんは意外にもサッカーの話をした。

「モンゴル人は日本を応援していたんですよ。W杯で負けて残念。テレビの解説者も日本びいきで、悔しそうにいってました。『日本はスキルもスピードもある。ただし、スタミナがない。もっと羊の肉を食べなきゃだめ』って(笑)。モンゴルでは赤ちゃんが羊のシッポをおしゃぶり代わりにして育ちますからね」

司馬さん好みの明るい話になった。

余談の余談❶

須田画伯が描いた名品「ゴビ砂漠星空」の誕生

山崎幸雄

『街道をゆく』の第一回から装画を担当した須田剋太画伯は、亡くなった一九九〇年までの十九年間で計千八百五十八点の作品を描いている。生前、また没後にも原画集が出版され展覧会が開かれた。そのなかで一、二の人気を誇っているのが「ゴビ砂漠星空」だ。

連載時には三点の同名の絵が掲載されている。なかでも満天に黄色や赤の切り紙で大きな星をちりばめた「ゴビ砂漠星空（B）」は、展覧会に必ず出品され、『原画集　街道をゆく』（朝日新聞社）のカバー（外函）にも選ばれた。画伯も気に入ったのだろう、その後同じモチーフを繰り返し描いている。

この「宇宙いっぱいにひろがった星の大群のなかにまぎれこんでしまいそうな」夜の砂漠を須田さんは司馬さんと二人で歩いた。そのとき画伯が語ったことを、司馬さんが書きとめている。

須田さんは、「赤ン坊のときの記憶というものを信じますか」と司馬さんに問いかけた。

画伯が二歳だったころ、母君に抱かれて村のお祭りに行ったとき見上げた星がこれと同じだったという。須田さんは母君に、あの星をとってくれとむずかった。あの星に「やっとめぐり逢えました」と画伯は述懐する。

「ゴビ砂漠星空」以外にも、『街道』装画には見る者の心をつかんで離さない作品がたくさんある。いくつか挙げてみよう。

「ゴビ砂漠星空」と同じく切り紙の雪が画面いっぱいに舞う「雪の興聖寺」。桜島が力強く迫る「桜島風景」。真っ白な芒《すすき》が印象的な「宝慶寺への芒原道」。すごい存在感の「沖縄の老婆」。生命力そのもののような「ジャンクの遠征」。夕陽に染まる「ザビエル城」。

まだまだある。

現在、これらの原画は大阪府に寄贈され保存されている。展覧会を企画してほしいものだ。

余談の余談❷

開高健さんと大阪弁の応酬 〝司馬文体〟も乱された？

浅井 聡

かつて週刊朝日の新春号は、司馬さんに対談をお願いするのが恒例だった。一九八七年の暮れには、モンゴルをテーマに開高健さんと話してもらうことになった。

対談場所の大阪市内のホテルの一室に先に着いていた開高さんは、冬なのにシャツの袖をまくり上げ、やる気十分。対談が始まると、開高さんが勢いよくしゃべって、司馬さんにちょっと話を振る、という感じで進んだ。開高さんは司馬さんと話すこと、話を聞いてもらうことがとても嬉しそうに見えた。

しばらくして、対談の模様を撮影していたカメラマンに開高さんが、「もうそろそろええやろ。（シャッター音が）気になって『文体』が乱れるんや」といったのがおもしろかった。なるほど開高さんほど「文体」という言葉の似合う作家もいないなあと、彼の濃密な文章が頭に浮かんだものである。

文体といえば、対談は白熱するにつれ濃い大阪弁の応酬になっていった。対談や談話で司馬さんの肉声を掲載するときは、ご本人の希望で標準語に統一することにしていたが、このときばかりは原稿を整理した編集部員も引きずられてしまったのか、誌面に大阪弁の「残骸」がチラホラと見つかる。

そのころ開高さんは、チンギス・ハーンの墓を探り当てるという夢に傾倒していた。夢はのちに「ゴルバンゴル・プロジェクト」として実行に移された。司馬さんにも早くから参画の誘いはあったようだが、「簡単に見つかるとは思えないんだ」と、あまり乗り気ではない風だった。それでも九〇年にモンゴルに出かけて行ったのは、その前年に志なかばで逝った開高さんの〝骨を拾う〟気持ちがあったのではないか。

おかげで『草原の記』という作品を読めることになったわけで、私たち司馬作品愛読者は、開高さんとの友情関係に感謝しなくてはいけない。

ダブリンの詩情、アラン島の孤高　「愛蘭土《アイルランド》紀行」の世界

不屈の闘志、ケルトの心

司馬さんは一九八七（昭和六十二）年三月末、多くの作家や詩人を生んだ「文学の大国」アイルランドを訪ねた。もともとヨーロッパの先住民族ケルトが作った国で、各地に妖精の伝説も多い。二巻にわたる「愛蘭土紀行」では、丸山薫の詩「汽車にのって」が紹介された。

〈汽車に乗って
　あいるらんどのような田舎へ行こう
ひとびとが祭の日傘をくるくるまわし
日が照りながら雨のふる
あいるらんどのような田舎へ行こう〉

首都のダブリンを出発した司馬さんは、汽車ではないが、車で西へと向かう。

司馬さんは、ジョン・フォード監督が父の故郷を描いた「静かなる男」の舞台に近い、ゴールウェイの町に滞在している。さらにはそこから海上五〇キロほどに浮かぶアラン諸島を訪ね、主島のイニシュモア島に上陸している。記録映画の名作「アラン」の舞台となった島で、石灰岩の岩盤が島を覆い、農地がほとんどない。

「アイルランドにゆきたいのは、アラン島へゆきたいからです」

と、旅行前に司馬さんは語っていた。辺境が好きな司馬さんらしい。

強国イギリスに圧迫されながらもカトリックを守り、独立を勝ち取った。文学者たちも独立のバックボーンとなった。不屈の闘志とケルトの心が息づく緑の大地を歩いた。

ビートルズと司馬さん

一九八七（昭和六十二）年三月末、「愛蘭土紀行」の取材のため、司馬さんはロンドンに到着した。しかし、なかなかアイルランドには渡らない。ケンブリッジ大学などで講演をし、イギリスに一週間ほど滞在した。

〈英国という光を多少感じてから、影であるアイルランドに入りたい〉（『街道をゆく30 愛蘭土紀行Ⅰ』以下同）

という思いがあったようだ。

アイルランドはかつてはイギリスの植民地で、圧制と貧困のため、多くのアイルランド人（アイリッシュ）が海を渡った歴史をもつ。

さらには、かつてロンドンの住人だった夏目漱石をしのんでいる。

漱石は一九〇〇（明治三十三）年から約二年イギリスに留学し、しきりに下宿を変えた。司馬さんはその最後の下宿付近を訪ね、「明治の悲しみ」という章に、明治人漱石の苦悩について思いを寄せている。

もっとも司馬さんも、ロンドンでの宿「ウォルドーフホテル」には〝苦悩〟していたようだ。

〈明治末期にできたこのホテルは、一九八〇年代の機能万能主義の文明のなかにいる私などにとって、多少のとまどいがあった〉

その後、司馬さんは鉄道でリヴァプールに向かっている。

〈アイルランド人にとってこのイギリスの港市は、日本の演歌ふうにいえば涙の港というほかない〉

十七世紀から奴隷貿易で栄え、十八世紀から十九世紀にかけ、産業革命でさらに発展していく。

〈東方の大工業都市マンチェスターのいわば外港として工業製品をここから積み出した〉

仕事があれば人も集まってくる。

多くのアイリッシュがイギリス、あるいはアメリカに移住するときにも上陸した。そのままリヴァプールに住み着くことも多かったという。

〈全市民の約四十パーセントがアイリッシュという街なのである〉

このリヴァプールを案内してくれたのは、阿部卓二さんだった。当時すでにイギリスの市民権をとり、

「タク」

と、呼ばれていた。

〈三十九歳だが、大きな目が澄んでいて、若者のにおいが消えていない。この地で英国人の奥さんをもらい、すでに三児の父親になっている〉

職業はセラピストで、公立の精神科病院に勤務していた。

〈よほどうまれつきやさしくて、親切でなければならない。なによりも、根気と語学力が要る〉

司馬さんの旅から二十六年後、阿部さんにリヴァプールの街で会った。

「当時の私の仕事は、ワークセラピーと呼ばれるものですね。患者の社会復帰のきっかけをつくるため、患者に簡単な仕事をさせ、自信をつけさせていく。ただ食べるために夢中でたどり着いた仕事でした。でも司馬さんにあんなに書いてもらい、『おれ、そん

ないことしてるのか』と思って、親戚にずいぶん本を配りましたよ（笑）。語学力ねえ、人に教えられる英語じゃないけど、生活費を稼ぐことはできる英語です」

一クラスに五十七人もいた団塊の世代。神奈川県川崎市の出身で、川崎大師がすぐ近所にあった。

「紅白を見終わると、除夜の鐘が聞こえてきて、初詣をしました。近くの大師橋を自転車で渡ると、すぐ羽田空港です。そのころＪＡＬ（日本航空）の国際線の主力機だったＤＣ８をよく見にいった。外国に行ったのは、やっぱり憧れたんだね」

川崎の工業高校を卒業したあと、一九六七（昭和四十二）年に日本を出ている。最初はパリに行き、三カ月ほどでリヴァプールに行き着いた。

「川崎と同じ港町のにおいがして、すぐになじみました。当時はリヴァプールも今より寂《さび》れていましたね」

司馬さんも書いている。

〈通りをゆく人影もまばらで、街に格調の高さは感じさせるものの、なにやら勲章をぶらさげた退役海軍少将といった感じがしないでもない〉

現在の阿部さんは病院を定年退職し、「ビートルズ・ツアーガイド」が本業となっている。

〈世界じゅうから、ビートルズ・ツアーというのが、巡礼のようにやってくる〉

リヴァプールはビートルズ発祥の地でもある。メンバー四人はみなリヴァプールで生まれた。音楽が苦手の司馬さんには珍しく、阿部さんが登場する章のタイトルは「ビートルズの故郷」となっている。

阿部さんは司馬さんが来る四年前の八三年、市が決めるビートルズの公式ガイドの一人に選ばれていた。

「十二人の公式ガイドがいて、同期のほとんどは地元の人。ビートルズがデビューした『キャバーン・クラブ』で彼らが演奏した記憶がある人もかなりいた。ジョージ・ハリスンの元恋人もいたね。同期はもうほとんどガイドをやめたけど、ビートルズを慕う人たちは絶えないなあ」

阿部さんには多くの国の顧客があるが、やはり日本人客は多い。ビートルズが青春だった団塊の世代の女性グループは毎年のように来るし、リヴァプールで演奏するのを夢見てきた「おじさんコピーバンド」の世話もしたことがある。

阿部さんの車に乗り、ビートルズの故郷を案内してもらった。

「やっぱり、BGMがいるでしょ」

といって始まった曲は、「マジカル・ミステリー・ツアー」である。

次々と曲が変わり、そのたびに「ビートルズ遺跡」に到着する。

ジョン・レノンが育った家、そのジョンがポール・マッカートニーと初めて会った教会、二人の後輩だったジョージの家……。

「ペニー・レイン」という曲の歌詞に登場する理髪店、消防署なども実在する。通りを歩けば、ポールが作った明るいメロディーが浮かんでくる。

「でもいちばん感動してもらえるのは、ジョンらしい幻想的な曲『ストロベリー・フィールズ・フォーエバー』の舞台だろうね」

少年時代のジョンが遊びに来ていた救世軍の孤児院「ストロベリー・フィールド」はいまは閉鎖され、門だけが当時をしのばせる。

「このあいだ日本人の夫婦をここにつれてきて、いつものように解説をはじめたら、奥さんが静かに泣きはじめた。『阿部さん、もう大丈夫。何もいわなくてもわかりますから』といわれましたね」

ビートルズ四人のうち三人はアイルランド移民の子孫になる。

「司馬さんの興味は港町としてのリヴァプールや、リヴァプールに流れ着いたアイルランド人にあったみたいで、ビートルズそのものにはあまり興味がないようだった。でも彼らの詩にはこだわっていましたね」

司馬さんはきたやまおさむさんの著書を引用しつつ、ビートルズのメンバーたち、とりわけジョンに注目している。

やはりアイルランドが生んだ作家で、『ガリバー旅行記』のスウィフトと比較し、生い立ちや性格がよく似ていて、ともに人を突き放す残酷なユーモアの持ち主だったとし、〈よくいわれているようなアイルランド気質と関係があるのではないかという〝妄想〟がわいてしまう〉と、〝司馬ワールド〟に持ち込んでいる。ジョンも、ポール、ジョージも、司馬さんからすれば、アイルランド詩人の系譜に数えられることになる。

ビートルズが来日したとき（一九六六年）に記者会見があり、記者からこんな質問が飛んでいる（『THE DIG Special Edition　ジョン・レノン』、二〇一〇年）。

「英国の老人が言うには、最近気に入らないのはロールス・ロイスの型が変わったことと、ビートルズが勲章をもらったことだそうだが、それについてどう思いますか」

「へえ。僕たちはイギリスの老人は好きじゃないよ」（ポール）

「僕たちはイギリスのイメージを変えようとしているんだ」（ジョン）

「僕たちは彼らに寛容だけど、彼らは僕らに寛容じゃないね」（ジョージ）

多くの記者たちを明るく煙に巻いている。ビートルズは言葉の魔術師でもあったのだろう。

司馬さんは、アイルランドが生んだ大詩人、イェイツの言葉を紹介している。アイルランド人の原型、ケルト民族について語ったもので、

「ケルト民族は、心に何の傷を受けるまでもなく、幻視家《ヴィジョナリー》なのである」

「ストロベリー・フィールズ・フォーエバー」を生み出したジョン・レノン。まぎれもなく幻視家の一人だった。

スウィフトの幽霊

司馬さんはリヴァプールからアイルランドへ、夜の飛行機で向かっている。一九八七(昭和六十二)年三月三十一日の夜だった。

〈アイルランドの民間航空の飛行機で夜のアイリッシュ海を越えた。このときの三十余人乗りの小さな飛行機も、尾翼に緑の三ツ葉のクローバーがえがかれていた〉(「愛蘭土紀行Ⅰ」以下同)

三つ葉のクローバー(シャムロック)は国の象徴で、花言葉は「輝く心」。シャムロックを使って布教したのが聖パトリック(三八五?~四六一?)だった。アイルランドに初めてキリスト教を伝えた人である。

「葉が三つにわかれているように見えるだろう。だけど、よくみると一枚の葉なんだよ」

説明したのは「三位一体」の教義だった。キリスト教では、父(神)と子(キリスト)と聖霊は一つのものとされる。

もともとブリテン島（英本国）に住んでいたケルト人で、祖父がキリスト教の司祭だったが、十六歳のときに海賊にさらわれた。アイルランドで奴隷として六年働き、やがて故郷に逃げ帰り、再びアイルランドに戻って布教することになる。

〈ふしぎな宣教者だった。

絶対神とその厳格な教義を押しつけることなく、土着のドルイド教の神々を大きく認めてしまうようなことをしたのである〉

アイルランド島の住人たちも、もともとはケルト人だった。

ケルト人のドルイド教に理解を示しつつ、聖パトリックは布教をつづけた。

〈このことが、土着のひとびとのキリスト教受容を容易にした。おかげで、アイルランドの土着の神々が、妖精として生き残った〉

こうしてアイルランドは独自のカトリック大国となっていく。

〈私はこの旅に出る前に、ダブリンの街にゆけばまず聖《セント》パトリック教会を訪ねようとおもっていた〉

しかし、司馬さんにしては珍しく、勘違いをしていた。聖パトリック教会はてっきりカトリックの教会だと思い込んでいたのだ。

無理もない気がする。

二年前の一九八五年、司馬さんは『アメリカ素描』の取材でアメリカを訪ねた。アメリカはアイルランド系移民が四千万人といわれ、カトリック信者が多い。

その心の拠り所がニューヨークの聖パトリック教会であり、すぐそばのホテルに滞在したため、司馬さんは毎日、黒ずんだ大理石の大聖堂をみていたという。

しかし、〝本家〟のアイルランドは一筋縄ではいかない。ガイド兼通訳をしてくれた岡室《おかむろ》美奈子さん（当時は留学生。現・早大演劇博物館館長）が遠慮気味にいっている。

「あそこはアングリカン・チャーチ（英国国教会）だといわれていますけど」

アイルランドは圧倒的にカトリックの信者が多いが、英国国教会の信者もいる。カトリックの聖人の名がついているものの、この教会の宗旨は英国国教会だった。

〈「いいじゃないか、カトリックの聖人の名でも。アイルランド人がパトリックというのが好きなんだから」

と、英国ふう経験主義から、たれかがいったのであろう〉

もともと十六世紀に、ヘンリー八世が王妃と離婚したいがためにローマ法王と対立し、英国国教会が生まれた経緯がある。

〈諸事、鷹揚《おうよう》あるいはぬえのようにできている。（略）たとえば儀式はカトリック、教義は新教、聖職者のスタイルは結婚生活がゆるされるということで、新教の牧師じみて

いる〉

日本でいえば、立教大学や桃山学院大学などがその系統にある。

国教会の信者はイギリスから来た人々が多い。アイルランドに生まれたイギリス人を「アングロ・アイリッシュ」と呼ぶが、彼らはカトリックよりは、社会的にも経済的にも優位な立場にいたようだ。イギリスからの庇護もあり、聖パトリック教会はアイルランドの最大の寺院となっている。

いまも昔も観光客の姿が多い。

司馬さんは祭壇をはるかに望む入り口付近に、四角い真鍮《しんちゅう》板が貼られているのに気づいた。

「スウィフト」

とある。床下に『ガリバー旅行記』を書いたジョナサン・スウィフト（一六六七～一七四五）が眠っている。

〈「スウィフトです。あ、踏みそうです」

浅井氏（担当編集者）が、小さく叫ぶようにいった。真鍮板もその叫びも、感動的だった〉

スウィフトは英国国教会の信者の家に生まれた。ただし、温かい家庭ではなかった。

〈ダブリンにうまれ、うまれたときは父親の顔を知らず、幼くして母との縁も薄く、他

家の厄介者として成人した〉

伯父の世話になり、アイルランドの名門大学、トリニティ・カレッジに入学してはいる。もっとも、怠惰で手に負えない不良でもあった。古典や詩、歴史は好きだったが、神学や哲学は嫌いだったようだ。

卒業後は、母の知り合いの有力者の庇護を受け、政治的な野心を燃やす時期もあった。四十六歳の年に聖パトリック教会の首席司祭（ディーン）となり、七十七歳で亡くなるまでつとめている。

三十代のときに『桶物語』でキリスト教を愚弄し、四十代で英王室に影響力を持っていた占師をたたき出す運動の首謀者となり、五十代になると、アイルランドに不良貨幣を持ち込んだ業者を粉砕した。

愛国者に違いないが、アイルランドが単純に好きだったわけでもなさそうで、恋人のステラへの手紙には、

「みじめなアイルランド、たまらないダブリン」

という表現がよくある。

ケルト的な幻想がふんだんに登場する『ガリバー旅行記』を書き始めたのも五十代だった。その第四部になると、

〈空想は風刺の刃《やいば》にかわり、人間ぎらいへのケルト的傾斜がその極に達する。人間はき

たならしい畜獣ヤフーにころがりおちる一方、馬フゥイナムが高貴で理性的な生物として登場するのである〉

『スウィフト考』（岩波新書）で評論家の中野好夫氏は、スウィフトについて与えられた評語を並べている。

厭人《えんじん》家、自由のための闘士、傲岸不遜《ごうがんふそん》、やさしい心情の持ち主、野心家、破戒僧、女性の敵……。

〈すべて必ずしも当らないとは言い切れないから、困るのである〉

と、中野氏も書いている。

〈アイルランド人が吐きだすウィットあるいはユーモアは、死んだ鍋のように当人の顔は笑っていない。相手はしばらく考えてから痛烈な皮肉もしくは揶揄《やゆ》であることに気づく〉（「愛蘭土紀行I」）

　スウィフトの「死んだ鍋《デッド・パン》」に傷つき、泣いた男女は多かっただろう。

　そのスウィフトの人気はいまも高いようだ。聖パトリック教会に行くと、スウィフトの銅像、デスマスク、頭蓋骨のレプリカまでが展示されている。

　顔はたしかに「死んだ鍋」のようで、いかめしい。十四歳下の恋人ステラ、さらには二十四歳年下の恋人バネッサと激しい恋愛をした人とはとても思えない。

　ガイドの男性が語った。

「スウィフトは当時としてはずいぶん長生きでした。平均寿命の倍ぐらいは生きています」

一緒にいる観光客は二十人ほどだった。ドイツ、アメリカ、イタリアからの観光客が多く、ひと夏で二十五万人ほどがこの教会に来るという。

「長生きには秘訣がありました。まず食べ物が良かった。さらには当時としては珍しくよく入浴し、清潔だった。もうひとつ、よくジョギングをしていました。雨の日は司祭館の三階までの階段を上り下りしていたそうです」

そこでガイドの男性はちょっと声をひそめ、まじめな顔でいった。

「いまでも雨の日になると、司祭館の階段がぎしぎし音がするんです。どうやら、スウィフトの幽霊が運動しているようですよ」

観光客たちがどっと笑って解散になった。ガイドをしていた男性は三十五歳で、ダブリン近郊のトリムに住んでいる。なんとなく気になって聞いてみた。

「あなたはもちろん、英国国教会の信者ですよね」

「いや、ぼくはカトリックです」

司馬さんふうにいえば、まことに融通無碍《ゆうずうむげ》な感じだった。

司馬さんを待ちながら

司馬さんのダブリンでの宿はオコンネル通りの「ザ・グレシャム・ホテル」だった。一九八七（昭和六十二）年三月三十一日、司馬さんはホテルに到着、壁際の女性が目に入った。

〈カーネーションの小さな花束を持った可愛い日本のお嬢さんがすわっているのを見た〉（「愛蘭土紀行Ⅰ」以下同）

ガイド兼通訳の岡室美奈子さんだった。『ゴドーを待ちながら』で知られるアイルランド生まれの劇作家、サミュエル・ベケット（一九〇六～八九）の研究者で、当時は国立ダブリン大学の留学生。司馬さんを唸《うな》らせる精巧な「紀要」の書き手だが、このときはドキドキしながら〝ゴドー〟ならぬ司馬さんを待っていたようだ。

〈真黒な瞳が、ドアをあけて入ってきた私のほうにむいたが、すぐその視線が床に落ちてしまった。その視線をあわてて拾ってあげたくなるような、かぼそげな少女にみえた〉

のちにアイルランド留学を終えた岡室さんは母校の早稲田大学文学部で教鞭をとることになり、学生たちにずいぶんからかわれた。

「『視線をあわてて拾ってあげたくなるような、かぼそげな少女？　これってだれだ？』。でもホテルの照明暗かったし（笑）。生涯最大の自慢話になりそうですね」

と、岡室さんはいう。

アイルランドに来る前、司馬さんはオスカー・ワイルド、ジェイムズ・ジョイスなどは読み直している。

ただし、ベケットの『ゴドーを待ちながら』を読むことは遠慮したという。『ゴドー』は二人の国籍も定かではない、浮浪者風の男たちが、いつ来るとも知れぬ男ゴドーを待ち続ける不条理劇である。

〈もしベケットを読まねばならないとしたら、神様におねがいして二十代に戻してもらい、刑務所に入れてもらう〉

と、司馬さんは書く。さらには死刑囚がいいという。もっとベケットがわかるに違いないと、司馬さんは踏み込む。

〈もはやシャバをうらやましがる必要がなくなってしまうのである。シャバそのものが巨大な刑務所であることがわかるし、たれもが執行未定の死刑囚だということにも気づくはずである〉

いまは早大演劇博物館館長の岡室さん、『司馬遼太郎がわかる。』（アエラムック、二〇〇〇年）で、この件について触れている。

〈極論のようだけれど、これが『ゴドー』の本質を言い当てていることを裏づけるエピソードがある〉

実際に一九五七年、米国のカリフォルニアの刑務所で『ゴドー』を上演したところ、囚人たちは何の抵抗もなく、すんなりと不条理劇を理解したという。

〈いずれにせよ、〈読まない理由〉がすでに秀逸なベケット論になっているところに、作家・司馬遼太郎のすごさがある〉

ベケットはアイルランド生まれながら、若くして祖国を去り、パリを永住の地として前衛的な演劇作品を世に送り出した。しかし岡室さんは、一見無国籍風の『ゴドー』にも、「アイルランドの記憶の痕跡」が刻印されていると書く。

〈何より、来る当てのないものを待ち続けるということ自体、きわめてアイルランド的な風景なのだ〉

もうひとり、司馬さんの「愛蘭土紀行」を助けた女性がいる。

司馬さんはアイルランドに渡る直前の三月二十六日に、英国のケンブリッジ大学で講演をしている。

「僕はいま、途中下車をしています。アイルランドに行ってから、僕の本当の仕事は始まるんです」

この講演を聴いていたのが潮田淑子《うしおだよしこ》さん。当時、ダブリンのチェスター・ビーティー美術館の学芸員で、たまたまケンブリッジを訪ねていて、講演に参加することができた。

「にこやかに何度も先生は『途中下車、途中下車』と繰り返され、講演を企画された方々が困ってたのがおかしかったですね。さらに、『まさか、ここにはアイルランドにお住まいの方はいないでしょうが』とおっしゃるので、友人たちに押されるように手を挙げると、担当の方がすぐに来られました」

司馬さんはツイていた。

潮田淑子さんの夫、哲《さとし》さんは当時ダブリン大学の教授（専門は有機化学）で、二人は一九六〇年からアイルランドに根を下ろしていた。六〇年代初めでアイルランドにいる日本人は珍しく、

「アイルランドに行くなら潮田夫妻を頼れ」

といわれることが多かった。

そんな「草分け」に、偶然会ったことになる。

司馬さんの訪問から二十六年後、「草分け」はいまもご健在である。

哲さんがいう。

「印象的だったのは、アイルランドとバスクが好きなんだとおっしゃっていたことです

ね。私は大国に抑圧されてきた『負け犬』のほうが好きなんですと」

たしかに幕末でも会津藩や長岡藩には優しい司馬さんだった。

「当時は日本の企業が活発にアイルランドに進出していた時代だったんですが、そういう話題にはほとんど興味がなさそうでした。司馬さんが来ると聞いて、日本料理店に企業の人たちが押しかけたことがあったんですが、司馬さんは貧血気味で、すぐ帰られましたね」

淑子さんは、当時のアイルランド大統領、パトリック・J・ヒラリー氏と司馬夫妻の対面に同席した。

「ヒラリーさんは能が大好きだった方です。詩人のイェイツが能が好きだった関係で、アイルランド人のなかには、能への関心が深い人がかなりいます。ヒラリーさんは来日されてご覧になり、その話を日本人に話したくて仕方がなかった。ずっとお能の話ばかりなんです。司馬先生はそれほどお詳しくはないようで、私が学生時代に能舞台を見た話などをいたしました。帰りの車のなかで、『ありがとうございました、あれは助け舟でした』と、笑っていらっしゃいました」

潮田家でケーキとお茶をご馳走になった。フォークを見ると、「週刊朝日」という文字が刻まれている。

「一九六一年に編集部からいただいたんですよ」

当時、アイルランドに来て間もないころで、「週刊朝日」を船便で送ってもらい読んでいた。ある号に載った「スポーツの恩人クイズ」に、

「日本のホッケーの恩人は誰？」

という問題があり、答えは、

「その人は港区飯倉の聖アンドリュー教会の牧師をしていて、もう既に亡くなられた英国人『グレーさん』という人です」

とあった。淑子さんは驚いた。

「すぐ隣にグレーさんというおじいさんがいて、日本語が達者なんです。『隣の客はよく柿食う客だ』とか、早口言葉までいえる。英国国教会の牧師で、布教のために日本に住んだこともあり、たしか、ホッケーを教えたとおっしゃっていた。雑誌を見せると、『これ僕のことだよ、まだ死んでないよ！』と、涙いっぱいの笑顔になりました」

さっそく淑子さんが週刊朝日に伝えたところ、それがホッケー関係者に伝わり、大騒ぎになった。

「実際にホッケーを教わった人、後輩の方から次々とお手紙が届きました。そして週刊朝日から、ナイフとフォーク、スプーンをいただいたんです（笑）」

ウィリアム・トーマス・グレー氏は一八七五年にアイルランドに生まれた。その後布教のため神学を学んだトリニティ・カレッジで、ホッケー選手として活躍。その後布教のため

に来日し、一九〇六（明治三十九）年十一月、慶應義塾で百人にホッケーを教えた。これが日本のホッケー界の第一歩となった。明治三十九年は日露戦争の翌年になる。

「日露戦争の話、さらに明治天皇の崩御のご大喪の厳粛さについて、グレーさんからよく聞きました」

一九一四年に日本を離れ、二度の大戦もあり、すっかり消息が不明になっていたのだった。一九六八年に九十三歳で永眠。日本ホッケー界の草分けとして、ダブリンの墓を詣でる日本人は多い。

「彼はホッケーのことを『ホッキー』と呼んでいました。『ホッキーで有名になって残念だ。布教で有名になりたかった』と、冗談交じりで語っていましたね」（哲さん）

司馬さんはアイルランドに親日的な雰囲気を感じていた。グレーさんがそれを体現していたのだろう。

静かなるゲール語

アイルランドゆかりの映画を思い出しつつ、司馬さんの旅はつづく。

「風と共に去りぬ」（一九三九年）の原作者、マーガレット・ミッチェルの母方の曽祖父はアイルランド人。ヴィヴィアン・リーが演じる負けず嫌いの主人公の名を、スカーレット・オハラとした。「オハラ」という姓はアイルランドによくある。

〈スカーレットは、百敗する。南軍がやぶれ、家も町も焼かれ、最初の夫も二度目の夫も戦でうばわれ、三度目の夫のレット・バトラーも失踪した〉（「愛蘭土紀行I」以下同）

しかしスカーレットは再起を誓い、故郷の名を口にする。

「タラ！」

タラはスカーレットの故郷で、ジョージア州の田舎町という設定だが、なによりアイルランドの「聖地」の名でもある。ダブリン北西三六キロの「タラの丘」は、伝説の王タラが連合国家を作った地とされ、いまも国内外のアイリッシュがこの丘を訪れる。

〈アイルランド人としての不撓《ふとう》の血が流れていることをわすれるな、ということをその地名をとなえることによって暗喩《あんゆ》したのにちがいない〉

一九八七年四月、ダブリンから西へ約二〇〇キロ、ゴールウェイに向けて司馬さんは車を走らせた。ゴールウェイ近郊には、ジョン・フォード監督作品「静かなる男」（一九五二年）に関係が深い村々がある。「駅馬車」で知られるフォード監督もアイルランド系。一九二一年、二十六歳で父の故郷、スピッダルを訪ねた。

一九二一年は大変な年だった。

〈国じゅうが、テロをふくむ反英闘争とそれに対する英国の弾圧、さらには見さかいなしの流血で、内戦同然の状態だった〉（『街道をゆく31愛

蘭土紀行II』以下同)

アイルランドの自治独立を認めない英国に対し、IRA(アイルランド共和軍)の武力闘争が激化していた。親戚のマーティンを捜し、フォード監督は山中をさまよい歩く。

〈マーティンはIRA(共和軍)の大物で、首に懸賞金がかけられているということがわかった。ジョン・フォードがえがく西部劇のように劇的だった〉

フォード監督はマーティンへの食料や軍資金の差し入れに成功する。英国はフォード監督を連行し、英国行きの汽船に無理やり乗せたという。

〈『静かなる男』は、気分としてはジョン・フォードの自伝映画であったともいえる〉

その「静かなる男」だが、ハードボイルドではなく、人情喜劇になっている。

主人公のショーン(ジョン・ウェイン)は元ボクサーで、ピッツバーグから父の故郷、アイルランドの村に帰ってきた。人々はあたたかく彼を迎え、メアリー・ケイト(モーリン・オハラ)という、気性は激しいが美しい恋人もできる。

しかしメアリーの兄が村の嫌われ者であり、頑固者。結婚を許すが持参金は払わないと宣言し、メアリーのプライドを深く傷つける。ついに兄とショーンが対決する。

〈格闘場面がえんえんとつづき、村じゅうがそのどちらかに賭け、格闘は野をこえ丘をこえてゆくのだが、村じゅうがついてゆくのである〉

格闘の途中で二人は喉が渇き、黒ビールを飲む場面があるのはさすがにアイルランドらしい。

さらには、メアリーが誰にもいえない悩みを、泣きながら神父に打ち明ける場面では、神父とゲール語（アイルランド語）で秘密を語り合う。

この映画に出演したジョン・ウェイン、モーリン・オハラもアイルランド系だった。フォード監督の孫が書いた『ジョン・フォード伝』（文藝春秋）によれば、フォード監督とモーリン・オハラはゲール語で話すことができたという。

〈二人はお互いの間だけに通じ合う〝アイリッシュ・コネクション〟を十二分に生かして、撮影の合間、ゲール語で四方山《よもやま》話に時を忘れたものだった〉

司馬さんは「静かなる男」のロケ地コング村を歩き、フォード監督の心の故郷、スピッダルも訪ねている。

「このあたりも、ゲール語を日常的に話している地帯です」

と、このとき司馬さんに教えたのは梨本邦直《くになお》さんだった。当時は三十歳、ゴールウェイ大学に留学し、ゲール語を学んでいた。

司馬さんはゴールウェイに入ったその夜、梨本さんと会っている。

梨本さんは東京生まれで、早大の英文科を出て、同大大学院に在学中にゲール語に出会う。ゲール語は古代ケルト語で、アイルランド、スコットランドやマン島などでわずかに話されている。梨本さんが司馬さんに会ったのは、ゴールウェイに来て二年弱のころだった。

〈大学にいるよりも、ゲール語をなまで話す村に泊まりこんで、じかに習得するという形を濃密にとっているらしい〉（「愛蘭土紀行II」以下同）

大阪外国語学校（現・大阪大学）でモンゴル語を学んだ司馬さんにとって、ヨーロッパの少数言語を学ぶ梨本さんが頼もしく、あるいは同志のように思えたのかもしれない。

司馬さんがいった。

「梨本さんは、えらいですねぇ」

〈心からそういうと、このシャイな人は、応答するかわりにそっぽをむくようなしぐさをした。照れくささをかくすための独特のしぐさらしい〉

現在は法政大学理工学部教授の梨本さんに会った。

「生意気ざかりでしたから、かなり失礼なことを申し上げたかと思いますね。みどり夫人からは、『こんなにひねくれた人は見たことない』とからかわれました（笑）。でも好意的に書いてくださいましたね」

当時も今も、日本人のゲール語研究者はきわめて少ないという。

「ひと言でいうと、人と違うことをやってみたかったんです。文法が英語やフランス語とまったく違い、興味が深まり、アイルランドに行くしかないと思いました」

アイルランドで三歳以上の人口は約四百三十七万（二〇一一年）で、うちゲール語を日常的に話す人は約九万四千人。日常的に話す地域を「ゲールタハト」という。

ただし、アイルランドでは英語とともに公用語であり、学校では必修科目となっている。このため、少しでも話せる人の割合は、人口の四割程度だと、梨本さんは教えてくれた。

さて、留学した梨本さんはさまざまな洗礼を受ける。ゴールウェイ大学の指導教官にいわれたそうだ。

「授業を受けてもろくにわからないだろうから、できるだけアイルランド語に触れなさい。六週間ぐらいアラン島に行ってきなさい」

アラン諸島はゴールウェイの沖合約五〇キロほどにあり、三島からなっている。梨本さんが滞在したのは三島の真ん中に位置し、古いアイルランドの雰囲気が残る「イニシュマーン島」だった。

船で五時間ほどかかり、二〇〇メートルほどの沖合で、「カラッハ」という小さいボートに乗り移った。

「港の底が浅いため、大型船をとめられないんですね。人や日常品はカラッハで運び、牛は泳がせる。カラッハに乗ったら、向こうの人もおもしろがって、『漕《こ》げ！』。一生懸命漕ぎましたよ」

島に着くとすぐ勉強が始まる。

「先生からは、B&B（宿）にじっとしてちゃだめ、歩き回っていろいろ話しかけるんだよといわれました。小学校にも通いました。子どもたちはアイルランド語のほうが英語より上手でしたね。放課後に散歩したり、子猫を追いかけたり……。夜になるとB&Bにおじいさんやおばあさんが集まって、昔話や雑談になる。出張で来ている電力会社の人や音楽の先生も下りてきて、ストーブを囲んでいろんな話をする。そのうち島の生き方が伝わってきました」

梨本さんの思い出の島、イニシュマーン島には、劇作家J・M・シング（一八七一〜一九〇九）も訪ねている。梨本さんのように老人たちから夜話を聞き、紀行文『アラン島』を書き、戯曲『海へ騎《の》りゆく人々』（一九〇四）などを残している。

梨本さんはいう。

「なぜマイノリティー（少数者）の言語をやってるとおもしろいんだろうと、いつも思ってました。自分としてはマイノリティーの言語をやるからこそ、マジョリティー（多数者）とは違った見方ができると。マイノリティーの言葉を勉強することは、それが文法であれ、社会現象であれ、司馬さんのような見方ができることにつながると思っています」

司馬さんは書いている。

〈稀少語の研究は〝人類〟を概念語でなく、なまな存在として解いてゆく上で重要なカ

ギになるにちがいない〉

そのアラン島へ、司馬さんも船で渡ることになる。

アラン島の畑

ゴールウェイから海上約五〇キロにアラン諸島は浮かんでいる。最大の島、イニシュモア島にはフェリーだと約一時間、飛行機だとわずか十分ほどで着いてしまう。司馬さんは船酔いが心配で、できれば船よりは飛行機に乗りたかったが、一九八七年四月、アイルランドの春はなかなか晴れてくれない。

「島が、霧でつつまれている」

ということで、飛行機は欠航となった。アイリッシュ・ハープの演奏を聴いたり、結婚披露宴にまぎれこみ、花嫁さんの写真を撮影したりで、一日を過ごしている。

しかし翌日も雨だった。

仕方なく乗ったディーゼル船の船名は「アランの薔薇」。十人ほどの先客があり、観光で来たニュージーランドの娘さんたちが多かった。

〈海は青黒く、へさきが白い波をさわがせつつ、水をはげしく切りさいている。こういう光景をみると、船がにがてな私でも、勇壮な気分になる〉(「愛蘭土紀行II」以下同)

このとき、週刊朝日の元編集長、木下秀男氏も同行していた。木下氏は以前に記録映画「アラン（マン・オブ・アラン）」（一九三四年）を見て感動し、劇作家J・M・シングの紀行『アラン島』（一九〇七年）も読んでいた。

「ぜひアラン島に行きたいと昔から思っていたけど、飛行機が飛ばないだろ。司馬さんがもう行くのやめたというんじゃないかと思って、ハラハラしていたんだ。ようやく行けることになってうれしかったね」

そんな木下氏を祝福するように、船に並走してイルカの群れがジャンプを始めた。

「私は前甲板にいて、最初に気がついた。司馬さんは後ろにいたから、呼ぼうとしたけど、なぜか『イルカ』という言葉が出てこない。焦って叫んだ言葉が『先生、ドルフィン！』。外国の人ばかりぞろぞろ集まったね（笑）。司馬さんもようやく出てきて、あとで写真をいただきました」

記録映画「アラン」に感銘を受けた人は多い。監督はロバート・フラハティで、アイルランド系アメリカ人。周囲を断崖絶壁に囲まれ、文明とは無縁の生活を送るアラン島の人々の生活を淡々と描く。冒頭のテロップに、

「島びとは自立を人生最高の宝として、生きるため闘う（略）不屈の力の極みまで、あるいは皆の〝あるじ〟たる海に召される日まで」

とある。主人公の男性は仲間と共に、小舟「カラッハ」に乗ってウバザメと闘う。

ウバザメは大きいもので全長八メートルにもなる。食料であり、電気のない島では貴重な燃料でもある。性質はおとなしいが、モリで突かれれば当然暴れる。

〈手負いのサメが舟をひきずって走るとき、舟は波頭《なみがしら》の上を矢のように飛んでゆく〉

まさに、「海に召される」危険とすぐ隣り合わせなのである。

島民の胃袋を満たすのはジャガイモ。もっとも島は石灰岩で覆われ、作るための土がほとんどない。夫は岩を砕いて石垣を作り、妻はかご一杯の海藻を拾い集め、わずかにある畑に積み重ね、土を増やそうとする。

〈土壌がないということがこの作品のもっとも衝撃的な部分だった。この映画をみて、人間の偉大さに打たれぬ人はいないはずである〉

映画「アラン」、さらにはシングの『アラン島』により、司馬さんのイメージは膨れ上がっていた。

しかし上陸したアラン島はやや観光地化されていたようだ。島に着いた一行は、旅行社が手配した、ボロボロとはいえ、ワゴン車で島内を回っている。途中で休憩したパブにはもちろん電気がついている。

「シングの時代のアラン島は、おわったようだな」

と、司馬さんはつぶやいている。

もっとも自然環境にはそれほどの変化はない。ワゴン車の運転手は島の南に向かって走り、やがて行き止まりで一行を降ろした。

イニシュモア島でもっとも多くの観光客を集める断崖の古代要塞、ドン・エンガスだった。

〈テニスコート二面ほどの広さのまっ平らな岩盤の広場があり、そのむこうは大断崖となって大西洋に落ちている〉

ここで腹這いになってすすみ、断崖から首だけ出したと書いている。海まで、九〇メートルほどはある。

〈アラン島というのは、要するにそこを訪ねるだけでも人をおびやかす島だということが、突きだしている首が考えた〉

しかし両脚は安定していた。

〈本来、高所恐怖症の木下秀男氏が、目をつぶっておさえてくれていたのである〉

勇敢かつユーモラスな執筆者と編集者だった。

司馬さんの旅から二十六年後、アラン島はさらに観光地化されていた。

司馬さんが大冒険したドン・エンガスにも行ったが、わずかな観光客のなかにも日本人が二人いて、うち一人は大阪の人、岩盤の上で深々と瞑想に入っていた。

島の中心部にはホテル、レストラン、カフェ、アランセーターを売る衣料店、貸自転車屋、大規模スーパーなどがある。港に着くと、ミニバスや馬車もあちこちで待機し、

「こっちが安いよ」

と誘ってくる。

十六人乗りのミニバス運転手は六十三歳で、元漁師だという。

「昔はカラッハにも乗っていたよ。この季節はロブスター、カレイ、小エビかな。いまはもっぱらアンタたちのような客を釣ってる」

笑うと歯が欠けている。身長一八三センチと体格がいい。ウバザメと格闘したことはあるだろうか。

「ウバザメかい。沖にはいるよ。あんなものに会いたいのか。ギネスでも飲んでろよ」

人懐っこい人が多い。

パブで隣り合わせとなった男性は六十歳ぐらいだろうか、なかなかハンサムで、昔はよくモテただろう。

「この島のいいところは、やはり大自然だろう。それとあまりカネがかからない。島の人はシャイだけど、おしゃべりは大好きだね。同じようなパブに行き、同じような人に会い、同じようなゴシップに花を咲かせる。なにが楽しいのかと思うだろうけど、それがいいんだ」

ダブリン生まれで、大学生のときは新聞社でバイトをしていた。卒業後に世界各地を放浪し、一九八三年ごろにこの島に来たという。

「俺たちのような流れ者はときどき冗談めかして、『このブロウ・イン（blow-in）めが』などと呼ばれる。でもそれほど深刻な意味じゃないよ。地元の人同士の確執のほうがよっぽどシリアスなんだ。たとえば、観光客の取り合いをする馬車業者とミニバスの争いとかね」

名はテリーだという。

島のことをいろいろ聞いていると、

「家に来るかい」

畑を見せてくれた。

「映画の『アラン』は少しフィクションも入っているな。それほど痩せた土地でもないよ」

たしかにテリーの畑はなかなか豊かだった。二、三月に、奥さんと海藻を刈り取るという。

「もうかれこれ二十年もそうやってきて、いまは五〇センチくらいの土ができたね。イチゴ、パセリ、ブロッコリー、ニンジン、たまねぎ……。けっこう取れるもんだよ」

島には牧草地もあり、牛たちがわずかな草をはんでいる。

「牛が食べ、排泄し、牧草が育ち、また食べるサイクルさ」

お茶をご馳走になっていると、電気メーターを調べに来た男性が、家の中に勝手に入り、勝手に調べて出ていった。

「ここではこんな感じに人は出入りするね。泥棒の話はあまり聞かない。ただし、最近、神父さんの家がやられた。説教をしている間に泥棒に入られたそうだよ」

もっとも、島に住む人の犯行ではなさそうだという。

「玄関の戸が古くなったので緑にしたら、隣のおばあさんが文句をいいにきた。『緑は縁起が悪いんだ！』って」

緑はアイルランドのナショナル・カラーだと思うのだが、まだまだ島にはわからないことがある。

最後にテリーがいった。

「日本に住んでいたこともあるんだよ。一九七三年かな、奈良の大和郡山市に住んでいた。とにかくオレは奈良が好きだね」

遠くを見つめてしみじみという。

理由を聞くと、

「奈良（NARA）をさかさまに読んでごらん。アラン（ARAN）になるだろう」

日本通のアラン島民だった。

妖精にご用心

司馬さんが一九八七（昭和六十二）年に訪ねたアラン諸島の最大の島、イニシュモア島を、私（村井）は二十六年後に再訪した。一泊した夜、B&B（宿）の元オーナー、エンダ・ギルさんの夜話を聴いた。

「もともと私はダブリンの近くのドロヘダの出身で、主人がこの島の生まれなんです」

ゴールウェイの大学で二人は知り合い、一九六五（昭和四十）年に結婚した。

その後ご主人のケビンさんはケニアなどで教育に携わり、故郷の島に中等教育の学校をつくるために帰国する。七五年のことで、エンダさんははじめて島に住むことになった。九歳と二歳の女の子、五歳の男の子の母親になっていた。

「まだ電気もなくて、水道も満足なものではなく、船は一週間に一度ぐらいしか来ない。都会のナイロビ暮らしが長い長女にとっては、ガスのランタン（角灯）が耐えられなかった。『電気がないのは嫌よ！』って、当時はパニックになってたわ」

「北の国から」（フジテレビ系、一九八一年）の黒板純クン（吉岡秀隆）を思い出した。

東京から北海道の富良野市麓郷《ろくごう》の荒野に住むことになり、父の五郎（田中邦衛）に純クンは抗議する。

「電気がなければ暮らせませんよ！」

エンダさんは続ける。

「一九七八年ごろに電気がついたの。もっとも電気技師は島に一人。一家庭に一個の電球の決まりだったけど、誰も守らない（笑）」

司馬さんが島を訪ねたころは、電気がついて十年もたっていなかったことになる。

「電気を使いすぎるとよく消え、パニックになった。クリスマスはいつも消えたわ。結局、飛行機と電気が島を変えたわね」

長女はその後ゴールウェイの大学に進んだ。島を離れたときは、

「自由だわ！」

と叫んだそうだ。仕事は会計士で結婚して子どもが二人。しかし、いまはしきりに島を懐かしがるという。

夜話といえば、J・M・シング（一八七一〜一九〇九）の紀行文『アラン島』に登場する老人たちは、不思議な夜話を繰り返す。シングは人々の話を書き留め、分析している。

「島人たちは自然現象と超自然現象とを区別していない」

もちろん電気がない時代である。

島の人々の話題といえば、不死鳥のガチョウ、金の卵を産み続けるまだら模様の鳥、横笛を吹くウサギ、四、五百騎の妖精の大群、赤ん坊にミルクを飲ませに来る死んだ母親の幽霊……。超自然現象のオンパレードだったという。

シングに大きな影響を与えたのは詩人のW・B・イェイツ（一八六五〜一九三九）。パリで二人が会ったとき、すでに文名を上げていたイェイツが後輩にいった。

「すぐさまパリをひきあげなさい。こんな街にいたって、なにもなりません」

さらにイェイツは忠告した。

〈アラン島へいらつしやい。そしてあそこの住民の一人に成り切つてしまつて、まだ表現された事のない向うの生活を描くんですよ〉（『海へ騎りゆく人々』解説、岩波文庫）

イェイツにとって、〝超自然現象〟はなにより大切なものだった。

イェイツはダブリン生まれで、十一歳のときにロンドンの学校に入ったが、休暇ごとにアイルランドの田園に戻ったという。

〈荒涼たる大地と湖、それに丘陵地帯《ドラムリン》がかれの詩と散文に血と肉をあたえた。ただしかれ自身はおそらく自然からよりもそこに棲む妖精たちから多くを得たとおもっていたにちがいない〉（「愛蘭土紀行Ⅱ」以下同）

さらに霊《ゴースト》の世界に深々と入っていったようだ。

もした〉

〈一八九〇年、イェイツはついに〝心霊協会〟なるものに入会し、また魔術を学んだり

詩と霊の世界をさまよい歩くイェイツの旺盛な活動が始まる。

アイルランドがイギリスにこっぴどく弾圧された時代でもある。その文筆活動には、痛めつけられた民族の誇りを取り戻す狙いもあった。

〈古英雄や神々、あるいは妖精たちについての伝承を発掘しはじめた〉

こうして次々と妖精についての著作が生まれていく。『ケルト幻想物語』『ケルト妖精物語』『ケルトの薄明』（全てちくま文庫）といった作品群で、いずれも訳者は井村君江さん。日本の妖精研究の第一人者である（二九〇ページ参照）。

一九八七年四月、アラン島からゴールウェイに戻った司馬さんは、イェイツ、そして妖精のことを考えながら、車で南下を始めている。

司馬さんは旅の前、イェイツの著作はもちろん、〝妖精総覧〟といった絵本まで買ったという。

〈私どもがこどものころ絵本で見た小人はみなひょうきんで人がよさそうな顔つきだったが、ホンモノ（？）はそんな甘い存在ではなさそうなのである〉

妖精はたしかに甘くない。

たとえばイェイツが『ケルトの薄明』で紹介した妖精の一団には、会いたくもないタ

イプの連中も存在する。

ある若者が結婚し、実家にいる花嫁を迎えにいく道中、大勢の祝福の人々に囲まれ、大急ぎですれ違う花嫁を見た。やがて一団の姿は闇に消える。若者がともかく実家を訪ねると、誰もが泣いている。急死した花嫁の亡骸《なきがら》が若者を待っていた。

祝福の一団は人ではなく、ボスに花嫁を捧げる妖精の一団だった。妖精というより死に神だろう。

それに比べて、司馬さんが注目した妖精「レプラコーン」はそれほど怖くはない。人の指ほどの背丈で、顔はしわくちゃで、ひげを生やしている。とんがり鼻にめがねをかけ、片方の靴だけを直す妖精専門の靴屋である。

〈なにしろ小人たちは踊りがすきなためにすぐ靴をすりへらす。このおかげでレプラコーンはいつも繁昌していて、それで得たお金（黄金らしい）を地下にこっそり隠している〉

司馬さんは旅の重要な脇役、ドライバーのジョン・ライリー氏と〝レプラコーン談議〟をしている。

「かれらは金持でしょうな、ライリーさん」

「金持だ。しかし人間がこっそりつけてゆくと、ひどいめにあうというがね」

さて、さすがに「妖精大国」らしく、アイルランドにはレプラコーンのための道路標識「レプラコーン・クロッシング」があるという。

〈――レプラコーンが横断するぞ、車よ、気をつけろ。

という警告は、人としてそれを為さねば、かれから害を蒙ることになるだろう〉

看板はいつも出ているわけではなく、妖精が出そうな時間を見計らって出すという。

南部の都市、キラーニィとケンメアの間の峠、レディス・ビューに標識があると聞き、
司馬さんは峠を五回も上り下りしている。そしていちどだけ、標識を見ることに成功している。

いかにも妖精が出そうなこの峠について、司馬さんは書いている。

〈まわりに人家はなく、店だけが一軒あって、ふもとのあたりで造られる織物などを売っている。なかに入ると、店番の女の子ひとりがいた〉

二十六年後にレディス・ビュー峠に行くと、たしかに標識があった。

店もある。ただし、店番をしていたのは土産物店兼レストランのオーナー、レイモンド・オシェイさん（四六）だった。

「看板かい。最初に親父が出したんだ。二十六、二十七年前かな。ここら辺にレプラコーンが出ることは昔から有名で、真顔で聞いてくる人が多い。それでまあ、親切というか、宣伝というか、ジョークでもあるね」

店は元々はツイード製品を売る店だったが、いまは土産物の比重が大きくなっている

ようだ。

「レプラコーンは人を驚かすことが大好きで、性格は悪い。甕《かめ》に入れた金貨を隠していて、虹が出たらそのふもと辺りを探せとは昔からよくいわれる。でも見つけた人の話は聞いたことがないな」

看板は午前十時から午後六時半まで出している。つまり店の営業時間がレプラコーンの勤務時間ということになるのだろう。妖精も資本主義にのみ込まれたのだろうか。

「たぶん看板をしまってからが、彼らの活動時間なんだろう。繰り返すけど、レプラコーンは可愛いというより、仕返ししたり、たたりがある存在だよ。この店はじいさんから三代になるが、誰も見たことはない。見たいようだが、やっぱり見たくないね」

オシェイさん、手慣れた感じでレプラコーン情報を語ってくれた。

反英とジャガイモ

一九八七（昭和六十二）年春、アイルランドの旅も終盤を迎えていた。

司馬さんはケンメアからダブリンに向かっている。ざっと三〇〇キロの長旅で、運転するのはジョン・ライリーさん。詩人や劇作家にも一家言のある人で、司馬さんは、

「ただのドライバーではない」

と、一目置いているが、急に不機嫌になる気分屋でもある。

ただ、ようやく自宅に帰れる喜びが彼を陽気にさせていた。ダブリンが近づくと、運転しながら叫ぶ。

「リヴァ・リフィ！」

市内を流れるリフィ川の上流を見つけてまず叫んだ。ダブリン城の城壁の残骸《ざんがい》を見ては、

「ザ・壁《ウォル》！」

道を横切る犬がいると、

「ばかな犬！」

次々と爆竹のように叫ぶ。

「マイ・タウン！」

と、叫んだのは自分の家のある丘陵を見つけたときで、さらに、

「マイ・ワイフ！」

運転席で叫びつづけるドライバーはやはり不気味だろう。

やがてオコンネル通りのザ・グレシャム・ホテルに着いた。司馬さんは、お礼をいうため、ライリーさんが降りるのを待った。

〈やがてかれがエア・フランスの機長のような威厳をもって降りてきたとき、私はまたしても「ライリー」という名前をわすれた〉（「愛蘭土紀行II」以下同）

あんなに人並みはずれた記憶力の持ち主なのに、なぜかライリーさんの名前は覚えにくかったようだ。ライリーさんはいったという。

「いいかね、ライリーの綴りは、アール、イー、アイ、エル、エル、ワイ」

珍道中の翌日、司馬さんはダブリンでの通訳兼コーディネーターの岡室美奈子さん（現・早大演劇博物館館長）と再会した。

「ダブリンから南のほうに、森があって渓流が流れていて、幽邃《ゆうすい》といった感じの地があるんですけれど」

と、すすめられた。

向かった先はグレンダーロッホ。ダブリンから一時間ほどのドライブで着く。アイルランドの聖人ケビンが開いたといわれる初期キリスト教の修道院の廃虚だった。

〈鉄さび色に黒ずんだ石積みの壁、死者の歯のような板状の墓碑、それにアイルランド特有のエンピツ型の円塔、それも物思いげに傾《かし》いで立っていた〉

同じような初期キリスト教の修道院遺跡はいくつかある。アイルランド中部のクロンマックノイズもそうで、グレンダーロッホ同様、世界中の観光客を集めている。両者とも六世紀ごろに開かれ、十二世紀ごろにノルマン人の侵略があり、最終的にはイギリスの侵略のために衰退していく。キリスト教、そしてイギリスとの関係は、「愛蘭土紀行」の大きなテーマだった。

さて、ダブリンでの取材が終わると、ザ・グレシャム・ホテルのバーに行くことが多かった。やはり、ギネスビールがお気に入りだったようだ。

〈ミルク・コーヒー色の泡がやわらかくて、アイルランドの心にふれたような気がする〉（「愛蘭土紀行Ⅰ」）

八七年当時、司馬さんとギネスを飲んだ高神信一《たかがみしんいち》さんはいう。

「やっぱりアイルランドで飲むギネスはおいしいです。なかでも聖パトリック・デー（三月十七日）の次の日に飲むとうまいですよ。アイルランド中が大騒ぎする日なので、ギネスを飲みつくしてしまう。次の日はどこも新しい樽《たる》なんで、これが一番うまいと思いましたね」

司馬さんに高神さんを紹介したのは岡室さん。岡室さんと高神さんは留学仲間である。慶應大学大学院でイギリス経済史を専攻しつつ、当時、トリニティ・カレッジでアイルランド経済史を研究していた。現在、大阪産業大学の経済学部教授となっている。

「タクシーでご一緒したとき、『空海の風景』を読みましたと話すと、司馬先生が戦争から戻られ、高野山に行かれた話をされました。アイルランドで空海の話をするということになったんです（笑）」

高神さんの実家は東京・浅草の龍泉寺（真言宗）。祖父の高神覚昇《かくしょう》さんは戦前に仏教の大衆化に大きな足跡を残した仏教学者でもある。仏教の世界では、寺育ちのことを「御仏飯《おぶつぱん》育ち」というそうだ。

〈体で宗教を知っているという意味がふくまれている。そういう高神さんが、宗教を知っていなければわかりにくい英国やアイルランドの経済史をやるというのは、当を得たことといっていい〉（「愛蘭土紀行Ⅱ」以下同）

イギリスのアイルランド支配は十二世紀に始まり、十六世紀のヘンリー八世時代に過酷なものとなった。その後、弾圧されたカトリック（アイルランド人の大半がカトリック教徒）は各地で反旗を翻《ひるがえ》す。やがて手を焼いたイギリスが鎮圧者として送り込んだのが、清教徒革命の指導者、オリヴァー・クロムウェル（一五九九〜一六五八）だった。

〈クロムウェルは侵略し、カトリック教会をこわし、神父や修道女を殺し、土地を戦利品のようにうばい、カトリック教徒を小作人におとし、公民権をあたえず、また商工業に従事することが不可能なほどに制限した〉

アイルランド人にとってクロムウェルは悪魔でしかない。いまでも圧倒的に忌《い》み嫌われている。

〈この大侵略は宗教戦争なのか、あるいは利益がほしいというだけの侵略戦争なのか、結局、その両方を混合した感覚で見ねばわからない〉

ただし、高神さんと会ったとき、ほとんどアイルランド史についての話にはならなかったようだ。

「基本的には私がトリニティ・カレッジでどういう生活を送っているかに興味をもたれていましたね。四十人ほどの学生たちが夕食で集まっているとき、カトリック、プロテスタントにかかわらずお祈りをしていたのを見たことがあって、あれは不思議ですねといったら、司馬先生が非常に鋭い目をされました」

学生たちは「神とエリザベス一世に感謝する」という祈りをラテン語で捧げていたという。エリザベス女王はこの大学の創始者だが、カトリックにとってはやはり弾圧者だろう。

「トリニティにカトリックが入るようになったのは、一九七〇年代ぐらいからですね。それまでは入れたけれど、行くもんじゃないという雰囲気があった。私が八五年に行ったころは、カトリックもプロテスタントもない時代になっていました。ただし、『反英』の気分は残ってましたよ」

高神さんはときどき、

「ここはアンチブリティッシュだから、よろしく」

といわれたことがあったそうだ。

もともと高神さんは移民の歴史に興味があったという。

「移民だったらアイルランドだろうということで、やり始めたんです。イギリス人はアイルランド史をあまりやらないんですよ。アイルランド史をやるのはアイルランド人と、あとはアイルランド系アメリカ人。アイルランド文学もそうで、アメリカ人の研究者は多い。ノスタルジーもあるし、やはり『大飢饉《ザ・グレート・ファミン》』の恨みをいまだにひきずっています。司馬先生も、大飢饉にスポットをあてられていて、なるほどと思いました」

アイルランドの小作農たちの命をつないでいたのはジャガイモだった。しかし、一八四五年、そのジャガイモが病害菌に侵され、まったく収穫できない事態を迎える。

これが「大飢饉」の始まりで、一八四九年まで続く。約百万人が伝染病と飢えで亡くなり、約百二十万人がアメリカなどに移住している。その後アイルランド系アメリカ人は増え続け、数え方によっては約四千万人に及ぶ。アメリカ移住者の子孫のなかには、大統領となったJ・F・ケネディやロナルド・レーガンもいる。

〈他の歴代大統領にくらべ、このふたりに共通するものとして雄弁と演技力、それに攻撃的性格という三つがあげられるだろう〉

「司馬先生に、『高神さんは陰からイギリスを見てますね』といわれました。アイルランドは結局、イギリスを見るためのひとつのポイントなんでしょうね。なぜ司馬先生がアイルランドに来たのか、ずっと不思議に思ってたんです。アイルランド文学への関心とともに、やはり陰からイギリス、さらにはアメリカを見るという視点をお持ちだった。反英を忘れたころにアイルランドの真の独立があるとも書かれていましたが、まさにそうだなと思います」

イギリスとアイルランドの関係に思いを馳せつつ、司馬さんの帰国の日が近づいていた。

八雲の余韻

いよいよ司馬さんがアイルランドを去る日がやってきた。一九八七（昭和六十二）年四月十二日のことで、空港には潮田哲・淑子夫妻が見送りにきてくれた。この旅で知り合い、示唆を与えてくれた夫妻だ。

いまもアイルランドに住む潮田淑子さんが、二十六年前を回想していう。

「出発が遅れたので、空港の喫茶店に入ると、『もう少し話したいことがあります』とおっしゃって、ずいぶん小泉八雲の話をされました」

小泉八雲（ラフカディオ・ハーン、一八五〇〜一九〇四）はアイルランド人で、幽霊や妖精が好きだった。

「『もっとハーンのゴーストと、アイルランドの妖精を関連づけて書きたいけど、その余裕はないかもしれません』と、おっしゃっていましたね」

潮田さんは笑って付け加えた。

「それにしても司馬先生は本当におもしろい方ですね。最後の行で、『（アイルランドに）行かずとも、イェイツやジョイス、あるいはシング、でなければベケットを読むだけでいいともいえるかもしれない』と、お書きになっている。あんなに一生懸命取材されたのに、最後の最後に行かなくてもいいなんて、笑ってしまいました」

と、潮田さんはいまも「愛蘭土紀行」の余韻のなかにいる。

司馬さんは「愛蘭土紀行」の連載を終えて、八八年五月に潮田さんに手紙を書いている。

「小生は、もともとアイルランドが好きでありました。行ってみて、御夫妻を知りえたということもあって、いよいよ好きになりました。しかし、文章を書くというのはおもしろいものですね、書くことによって、アイルランドを、愛するという以上に、理解することができました」

妖精について書いているうちに、小泉八雲についての認識も深まっていったという。

「八雲はキリスト教以前のアイルランドを松江においてみつけたといえましょうし、（略）アイルランド人は、どこにいてもアイルランド人なのだ、ということを、深い感動をもって感じました」

しかし、司馬さんにはかすかに心残りがあったようだ。

「小生は日本人として、もっとあの連載の中で、八雲のことを書くべきでした。そのために、八雲の全集を二種類そろえて用意していたのですが、八雲の出る幕がないほど、旅の中のアイルランドでは、いろんなことがみちていました」

八雲の心の故郷、島根県松江市を訪ねた。

八雲が松江に来たのは一八九〇（明治二十三）年八月。アイルランド人（当時は英国籍）の父を持つ八雲はさまざまな体験を積み重ね、四十歳になっていた。島根県尋常中学校の英語教師として赴任し、松江の風土に魅せられる。

〈かれの最初の日本体験が、神々の国である出雲だったということは、意義ふかい。山河に精霊を感じるケルト的な汎神《はんしん》教の世界と八百万の神々が集《つど》う出雲の国《くに》つ神《かみ》の世界とを、ハーンはかさねあわせて感じたのにちがいない〉（「愛蘭土紀行II」）

アメリカでベストセラーとなった『知られざる日本の面影』には、「神々の国の首都」という章があり、松江が描かれている。十六歳で左目の視力を失い、右目の視力も衰えていた八雲にとって、松江のさまざまな〝音〟が心に響いたようだ。

寝床にズシズシと響く、米を搗《つ》く重い杵《きね》の音、「大根《だいこ》やい、蕪《かぶ》や蕪」という野菜売りの声、パン、パン、パンと大橋川の対岸や船で鳴り響く拍手《かしわで》、大舞踏会のような橋を渡る人々の下駄の音……。「杵築《きづき》――日本最古の神社」という章は、出雲大社にはじめて参拝する喜びにあふれている。松江から杵築（出雲大社の門前町）までは蒸気船で、期待をしていたせいか、船のエンジン音が、

「コト　シロ　ヌシ　ノ　カミ

オオ　クニ　ヌシ　ノ　カミ」

と、祝詞《のりと》に聞こえたという。

この松江で、身の回りの世話をしてくれた小泉セツと結ばれる。「日本の庭で」の章では、セツと暮らした士族屋敷について書かれている。

「私はすでに自分の住居《すまい》が少々気に入り過ぎてしまった。毎日、学校のつとめを終えて帰って来て、教師用の制服を格段に着心地のいい和服に着がえた後、私は庭を見下ろす縁側の日蔭にくつろぐ」

松や桜、梅や南天などの木々、薄紅色と白い花を咲かす蓮池、苔《こけ》むした岩、お稲荷さんや石灯籠《どうろう》、四種類のカエルやイモリ、カタツムリ、さらには数種類のセミについて、八雲は情熱をこめて書き込んでいる。

この旧宅はいまも保存公開され、書斎には八雲が特注した机と椅子のレプリカが置かれている。

机の高さが九七センチ、椅子が四七センチで差が五〇センチ。よっぽど身長が高い人か、胴の長い人かと思うが、八雲の身長は一六〇センチに満たず、特別胴が長いわけでもない。妻のセツは『思い出の記』に記している。

〈ペンを取って書いていています時は、眼を紙につけて、えらい勢いでございます。こんな時には呼んでも分かりませんし、何があっても少しも他には動きませんでした〉

版画家の棟方志功《むなかたしこう》のように机に突っ伏して原稿を書いていたようだ。

耳なし芳一や雪女、ろくろ首などが登場する『怪談』は、古本屋で集めた説話集をセツが語り、八雲が書き起こすことに始まった。

〈話が面白いとなると、いつも非常に真面目にあらたまるのでございます。顔の色が変わりまして眼が鋭く恐ろしくなります〉

この旧居の隣にある小泉八雲記念館の顧問で、ひ孫にあたる小泉凡さんはいう。

「八雲は生涯、語り部がそばにいないと安心しない人でしたね」

最初はギリシャ人の母親ローザ、四歳で母親と別れてダブリンの大叔母に引き取られてからは乳母のキャサリン、成人してアメリカに渡ってからはオハイオ州で事実婚状態だった女性アリシア・フォリー、そして最後はセツが、神秘の世界にいざなった。

松江を描いた「神々の国の首都」にも、いくつかのゴーストストーリーが登場する。その舞台などを夜に巡る「松江ゴーストツアー」（NPO法人松江ツーリズム研究会主催）は、始まって五年で参加者は三千人を超え、まもなく二百回目を迎える。

千体以上の狐の石像がある城山稲荷神社、「人食い伝説」の残る巨大な亀の石像がある月照寺などを歩き、ツアーの最後が大雄寺《だいおうじ》になる。

昔、大雄寺近くの飴《あめ》屋に、やせ細った青白い顔の女が毎晩のように水あめを買いにきた。不思議に思った店主がある晩、女についていくと大雄寺の墓で女の姿が消えた。墓には死んだ女の骸《むくろ》と無邪気に笑う赤ん坊がいたという。

ツアーの考案者でもある小泉凡さんはいう。

「八雲は怪談という超自然の物語には必ず真理があるといっています。『飴を買う女』は、『母の愛は死よりも強いのである』という言葉で終えられています。いわゆる子育て幽霊の話は、アイルランドなど世界各地にあります。ユーラシア大陸を人間の顔にたとえると、右の耳がアイルランドで左の耳が日本。はからずも端と端に妖怪や妖精の現象が豊かにのこったのかもしれませんね」

『ケルトの薄明』など、アイルランドの妖精の話を書き続けた詩人のW・B・イェイツと交流があった。

「イェイツは八雲より十五歳若い人ですけど、八雲はイェイツが若いころからちゃんと認めていました。イェイツに手紙を書いています。ダブリンに住んでいたころに、『私にはコンノート（アイルランド西部）出身の乳母がいて、彼女が私に妖精やゴーストの話をしてくれた。私はずっとアイルランドを嫌いだといってきたが、アイルランドの事物を愛すべきだし、実際愛している』と書いていますね」

八雲は松江で一年三カ月ほどをすごし、熊本の第五高等中学校（現・熊本大）に転勤した。神戸の新聞社を経て、東京の帝国大学（東大）、早大で教壇に立った。四人の子どもを慈しみ育てている。子どもたちへのおやすみの挨拶は、

「よき夢見ましょう」

というものだった。

「ある日、息子の一雄が小学校に行くときに、いつもの『行ってらっしゃい』というところを、『よき夢見ましょう』といったそうです。書斎の庭にある大好きな桜の一枝が返り咲きしていました。その数日後、夢を見るように八雲は逝きました」

一九〇四（明治三十七）年九月のことで、五十四歳。八雲は、アイルランドの妖精が消えるように去った。

ラッコとヴィーナスの記憶　「オホーツク街道」の世界

優美なヴィーナスが伝える古代オホーツク人の神秘

「オホーツク街道」の主人公、オホーツク人には、会いたくても会えない。五世紀から十世紀ごろまでは北海道のオホーツク沿岸に生活していたが、姿を消した。ただし、オホーツク沿岸には遺跡が残された。利尻《りしり》・礼文《れぶん》島、稚内《わっかない》市、網走《あばしり》市、常呂《ところ》町（現・北見市）などの遺跡を見ると、その生活がわかる。司馬さんが会った考古学者の一人はいった。

「古代人のくらしにとって、オホーツク海ほどの宝の海は、この地上になかったのではないでしょうか」

なにしろサケ・マスは定期的に産卵のために遡上してくる。ニシンやホッケ、タラも豊富だった。さらには狩猟の能力に長け、海ではアザラシやトド、オットセイ、陸ではクマ、シカ、キツネなどを獲っていたようだ。

それらの骨や歯を使った動物像を見ると、芸が細かい。常呂町で出土したラッコは仰向けで浮かび、おなかの上で貝を割っているかのようだ。

婦人像も十例ほど発見され、「オホーツクヴィーナス」と呼ばれている。網走市のモヨロ貝塚から出土したものは六センチに満たない。司馬さんは書いている。

〈十六、七の娘の清らかさが匂ってきそうである〉（『街道をゆく38オホーツク街道』）

北海道立北方民族博物館（網走市）の学芸主幹、笹倉いる美さんはいう。

「ポスターに使われることも多いんですよ。不思議ですね。顔が欠けているのがかえって人気のようです。それにしてもオホーツク人って繊細ですね」

波と風と光を受けた、古代のアーティストたちの息吹が伝わってくる。

天使と毛ガニ

「オホーツク街道」の取材は一九九一（平成三）年九月と九二年一月。司馬さんは秋と冬の北海道オホーツク沿岸を歩き、担当として私（村井）が同行した。九二年秋、連載を終えた直後の司馬さんに感想を聞いた。東大阪市の自宅で、夢から覚めたように語っている。

「とにかくすべてがロマンチックな旅でした。オホーツク人のすばらしさは、海洋をまるで宝の海にしていたことだね」

正直なところ、司馬さんの担当にならなければ、「オホーツク人」を知ることもなかったかもしれない。

五世紀ごろにオホーツク沿岸に定住した海洋民族で、十世紀ごろに忽然《こつぜん》と姿を消した。消えた謎の民族の遺跡をたどり、司馬さんは冬の寒さと格闘したことになる。

「オホーツクを取材する僕の基本姿勢は喜びなんです。もともと日本人というのは、わりあい汎《はん》アジア的に多様な血が混じっているよね。日本を単一民族の国だといった政治家もかつていたけど、わかっていない。むしろ民族の偉大さは、古代において血が多様に入っていたことにあるんだから」

もともと縄文人の天下だった日本列島は稲作の適地のため、〝ボートピープル〟が集まってきた。朝鮮半島や中国、あるいはミクロネシアからも人々が来て交流し、弥生時代、古墳時代と歴史が進んでいく。

ただし、寒地の北海道では、今と違って稲作はできない。そのため北海道では長く縄文人たちの時代が続いた（続縄文時代）。その暮らしは十三世紀ごろ、「アイヌ文化」へと大きく変化していく。

「その触媒になったのがオホーツク人だね。われわれの重要な先祖のアイヌ以前に北海道に渡り、アイヌ文化に大きな影響を与えた。アザラシの捕まえかたとか、狩りの対象の熊を気持ちよく天国に送る『熊送り（イヨマンテ）の儀式』とかね。北方での僕らのいちばんの誇りはアイヌだったけれど、さらに前にもオホーツク人という先祖がいて、日本人のなかにわずかながらも北方の血を入れた。先祖には、たくましい連中もいたんだと思うだけで愉快でした」

さらには芸術的センスもあった。クジラの歯や海獣の牙《きば》などを使って作った「オホーツクヴィーナス」は神秘的ですらある。

「彼らの後背地は限りなく雄大ですね。オホーツク海岸は漏斗《ろうと》の出口のようなもので、彼らの遺跡から、大げさにいうと全世界を感じることができます」

オホーツク人の正体は実はよくわかっていない。おそらくはツングース系で、その故郷はロシア沿海州のアムール川（黒竜江）付近とされてきた。サハリン（樺太）を経由して北海道にやってきたという。

遺跡は沿海州、サハリン、北海道のオホーツク海沿岸部、さらには千島列島に広がっている。

壮大なスケールの世界にはナビゲーターが必要だった。

「オホーツクを案内してくれた野村崇さんが、道を歩いていて小さな遺物を拾ったときにうれしそうに笑うでしょ。あれは天使の笑顔だね。なかなか浮世で見ることはできないでしょう」

北海道開拓記念館（札幌市）に勤めていた考古学者の野村崇さん（七六）のことで、当時〝天使〟は五十三歳だった。著書の『北の考古学散歩』（北海道新聞社、二〇〇〇年）に、取材に同行したときの感想を書いている。

〈「その土地の風に吹かれるだけでいい」が口ぐせの司馬さんは、豊かな白髪を風になびかせながら一カ所にじいっと立ち止まって、もの思いにふけることも多かった〉

野村さんは司馬さんが持っていた緑色の手さげ袋が気になった。

〈モヨロ貝塚の坂道で、「先生、持ちましょう」と手を差し出しても、「結構です」と決

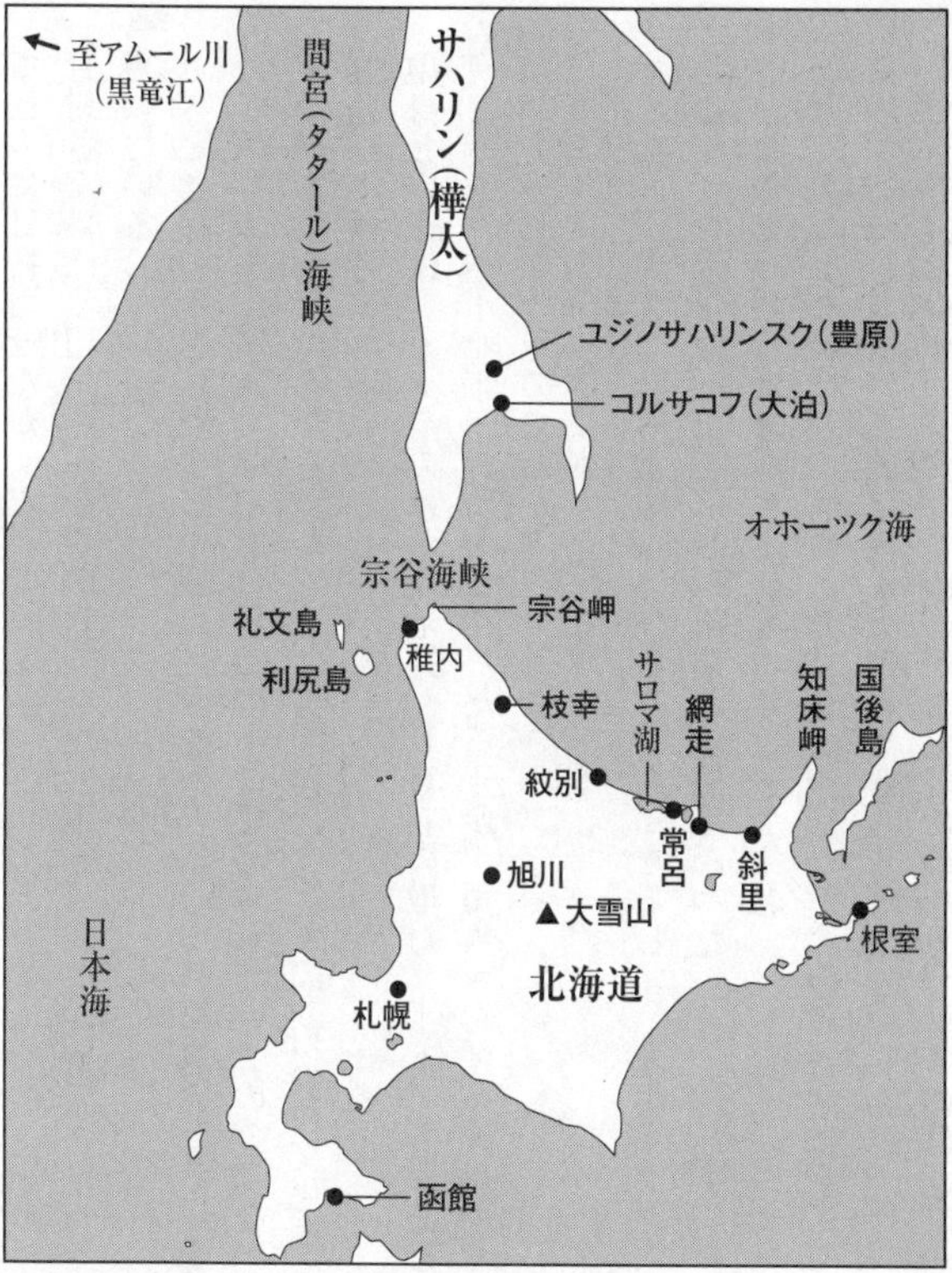
至アムール川
（黒竜江）
間宮（タタール）海峡
サハリン（樺太）
ユジノサハリンスク（豊原）
コルサコフ（大泊）
オホーツク海
宗谷海峡
宗谷岬
礼文島
稚内
利尻島
枝幸
サロマ湖
網走
知床岬
国後島
紋別
常呂
斜里
旭川
▲大雪山
根室
日本海
北海道
札幌
函館

して他人には持たせなかった〉

野村さんは深く司馬さんを尊敬していた。手さげ袋について、野村さんは別の文章にも書いている。

〈ときどき緑の手さげ袋から小型カメラを取り出しては写真をとる。手さげ袋には何が入っているのか。司馬文学の源泉がこの中に秘められているのではないか。私はのぞいて見たい衝動に幾度もかられた〉（北海道開拓記念館・開拓の村文化振興会「とどまつ」一九九三年秋号）

中身といえば、カメラのほかは地図、Ｂ６判の取材ノート、のどあめ、さらには大量のティッシュペーパーといったところだろうか。司馬さんは鼻アレルギーと格闘しつつ、頑張ってくれていたのである。

◇　　◇

ただし、司馬さんは考古学にはひるみがあったらしい。オホーツク人については朗々と語るが、考古学の話だと、やや歯切れが悪くなった。

――ところで、やっぱり、先生は考古学好きですね。

「好きかもしれないけど、僕にはできなかったな。今の考古学は厳密だね。ほとんど理科系の学問でしょう。これは僕にはだめだから」

――でも考古学少年の時代、ものが落ちているのを見つけるのはうまかったんですよね。

「子どもはみんなうまいんだよ」

――わからない子もいますよ。

「マニアになったらわかる。車が大好きな子は、通り過ぎただけで、トヨタの何の車かわかるでしょ。マニアになっていく子には特有の勘が備わっていて、僕みたいにマニアにならない性質でも、一時期そんな状態になったことがある。それは苦い思い出なのね。マニアは、穴の中に入ってしまうからね」

「穴の中」に入った時期について、「オホーツク街道」で触れている。

〈私は小学校の後半の三年間、重症の考古学少年で、奈良県北葛城《きたかつらぎ》郡の冬田を歩いては石鏃《せきぞく》（石器の矢ジリ）や土器の破片をあつめた〉（「オホーツク街道」以下同）

それらが集まるたびに頭のなかが白いシーツのようになり、成績が下落し、見かねた父親が本や収集品を取り上げた。

〈物がなくなってしまうと、映画がおわったようにその世界が消えた。その後、収集癖さえなくなり、いまもそうである〉

実はお父さんは捨てたわけではなく、物置に入れていた。ただし、戦争で焼けてしまったという。

「復員して帰ったとき、父親がまず、『あれは惜しかったな』といったのがおかしかったな」

と、司馬さんは話していた。

〈いまも、考古学の論文や本を読むと、なにか後ろめたい気になる。だから、北海道考古学がわかるわけがない。私は、北海道開拓記念館の主任学芸員の野村崇氏に教えを乞い、なにを読むべきかについてのご意見を聞き、すこしずつ本を読みはじめた〉

入念な下準備を終え、司馬さんは九一年九月三日、札幌に入った。まず札幌で講演をしている。北海道主催の国際的なシンポジウム「北からの文化の道をさぐる」の記念講演で、タイトルは「北方の威厳」だった。講演の後にはシンポジウムを聴き、熱心にノートも取っていた。

〈会場をのぞくと、ソ連（当時）の学者が、南樺太で発掘した土器について報告していた。中国黒龍江省の学者も参加している〉

シンポジウムは考古学や文化人類学などがテーマで、私のような素人にはハードルがかなり高い。

油断するとすぐに睡魔に襲われてしまう。そのたびにあわてて起きていたが、隣の司馬さんも実は舟をこいでいるのがわかり、安心して眠った記憶がある。

このシンポジウムの実務的な責任者が野村崇さんだった。

「司馬先生の講演が決まり、相談に乗っていただいた森浩一先生から、はがきをいただきました。『よかったですね。さて司馬さんは、おくさんとも、魚はほとんど駄目な人です。カマボコ（それもいろいろ入っていない）が好物です。お家に行かれるとき、おミヤゲの参考にして下さい。ヤサイはすきです』（笑）。さっそく小樽の有名な店のカマボコを買いましたね。それからひたすら司馬先生の本を読み始めました」

シンポジウム終了後、野村さんには「オホーツク街道」の全行程に同行していただいた。司馬さんのアプローチについて、野村さんはいう。

「私もずいぶん気分よく話させていただき、ほかの人も司馬さんの前では誰もが饒舌《じょうぜつ》でした。聞き上手だなあと思いつつも、それほどメモを取っている感じもない。どうやってお書きになるかと思いましたが、結局、事前の調べがすごいんですね。それにしても『オホーツク街道』があれほどの大作になるとはまったく思いませんでした。想像力の豊かさには驚くばかりです。まさかオホーツク人から相撲取りを連想するとはねえ」

司馬さんのオホーツク人への思い入れはその後も持続した。彼らの土器が青森・下北半島でも発見されたと聞き、「北のまほろば」（九四年）の旅が実現している。

「なぜ青森県からあんなに大きくてカッコイイおすもうさんが出てくるのか、ようやくわかったよ」

と、冗談めかしつつ、「北のまほろば」で書いている。

〈隆の里、旭富士、舞の海、貴ノ浪などが、共通しておだやかで京人形のような顔をしているのも、なにごとか、遠い時代のことを、さまざまにおもわせるではないか〉（『街道をゆく41北のまほろば』）

「北のまほろば」の旅にも同行した野村さんはいう。

「沿海州やサハリンに住む少数民族にニヴフ（ギリヤーク）がいます。彼らの先祖がオホーツク人ではないかといわれることがありますが、ニヴフはどちらかというと体格は大きくなく、顔も京人形顔とは違う感じなんです（笑）。でも、オホーツク人は、司馬さんが取材した当時も今も、全国的な教科書にすら載ることはまずありません。わかりやすく書こうとお考えだったんですね」

◇　◇

野村さんこそ筋金入りの考古学少年だった。生まれは北海道長沼町で、近くの丘陵は遺跡の宝庫だった。

少年時代にまず輝く黒曜石《こくよう》（十勝石）の石鏃に魅せられ、札幌西高時代に加速する。郷土研究部のメンバーとして、天売《てうり》・焼尻《やぎしり》島など道内各地の発掘に参加もした。『北の考古学散歩』には、高校の同級生十人が考古学一筋の野村さんを激励する会を開いてくれた話がある。

〈酔うほどに、隣にいた地場スーパー界の雄といわれる通称、社長が「野村、オマエ！

縄文○期△千×百年前ころとか何とか言って、テレビのお宝鑑定団みたいに、じいっと考えたふりをして適当なことをいっているのと違うか！」〉

さらに社長はいった。

「オマエだけだなァー、高校時代と同じことをやっているのは……」

ほめられたのか、ばかにされたのか、ほろ酔いの野村さんは判断ができなかったそうだ。

そんな野村さんだが、「オホーツク街道」でやや心残りがある。

「やはりオホーツク人の故郷のひとつであるサハリンを案内できなかったことですね。司馬先生はよく、『昔は北は樺太から南は台湾までといったんだよ』といわれていたので、『台湾紀行』のあとにはぜひと思っていたんです」

敬愛する野村さんの言葉ではあるが、さてどうだろうか。

野村さんはサハリンに通算十六回行っていて、九七年にはサハリン南部の孤島、モネロン島に調査に行っている。間宮海峡に浮かぶこの島でも、オホーツク式土器が発見されているそうだ。ただし、『北の考古学散歩』にはこんな件《くだり》がある。

〈遺跡をひと回りして帰ると昼食にカニが付いている。夕食にもまた大きな毛ガニ。その夜は巨大毛ガニによって、モネロンの海底に引きずり込まれる夢をみた〉

司馬さんはカニアレルギーがあるので食べられない。形を見るのも嫌だった。毛ガニが好きな野村さんでも夢にうなされたのに、司馬さんだったらどうなっただろうか。

さて、司馬さんは札幌から網走へと向かう。オホーツク人の遺跡の原点、モヨロ貝塚へ思いを馳せていた。

モヨロ貝塚の栄光

司馬さんは取材のとき、メモ代わりの写真を撮っていたが、スケッチもよくしていた。

「僕は絵を描きながら考えるほうだろうね。景色を描いていると、心の記憶が濃厚になります」

と、話してくれたことがある。

旅に出る前に、司馬さんは地図を頭に入れる。取材ノートに地図を切り貼りすることもあるが、色とりどりに書き込むこともあった。

「やはり行く前に地図を描いて、それから現地でスケッチしているうちに、ああ、こういうことかとわかってくる。オホーツクに行ったら、アイヌの心にならないとだめだけど、なかなかなれない。ただしアイヌの地名は、地形を自分たちの生活に結びつけている。スケッチして、少しはアイヌの気持ちになれたかな」

　ここで司馬さんは笑顔になった。

「人間のアプローチの仕方はいろいろで、僕みたいに絵やスケッチで入る人もいれば、音感的に入る人、触感的に入る人もいる。サンゴ草《そう》の湖では、味覚で入る人がいたね」

「サンゴ草」とは、秋になると燃え上がるように赤く染まる一年草のこと。網走市西方の能取《のとろ》湖の群落がよく知られている。一九九一年九月、司馬さんは能取湖畔を訪ねている。

〈愉快なのは、草よりも人だった。

近在のひとびとにとって、草が赤くなると祭のような気分になるのか、ちょうど春の野遊びのようにあちこちで弁当をひろげている〉（「オホーツク街道」以下同）

屋台も出ていた。煮上げたタコの足にかじりついたのが、司馬さんに同行していた編集部の池辺史生《ふみお》さん。土地の人とすぐ仲良くなって、タコの次はコマイをすすめられた。

〈池辺氏は折り目ただしく礼をのべたあと、頭からかじった。

「いい土地ですな」

と、池辺氏がいったときは、魚はシッポだけになっていた〉

この様子を司馬さんは、距離を置いて見ていた。ただし、食べっぷりはかなり印象深かったようだ。

「池辺クンはこう魚を持って、口をがーっと開けて……」

と、モノマネする司馬さんはなかなか上手だった。

◇　◇

「オホーツク街道」の序盤のハイライトは、なんといっても網走市のモヨロ貝塚だろう。

網走川の河口付近に広がる遺跡から、日本人の先祖の一派である「オホーツク人」の研究が始まった。オホーツク人は貝塚にちなんで「モヨロ人」とも呼ばれる。この古代の海洋民族の遺跡を世に広めたのが、米《よね》村《むら》喜《き》男《お》衛《え》さん（一八九二〜一九八一）だった。

司馬さんは米村さんの生涯を、古代ギリシャ文明の遺跡を発見したハインリッヒ・シュリーマンの人生になぞらえている。

シュリーマンは貿易業などで得た巨万の富を資金に、「トロイの木馬」の伝説で有名な「トロイアの都」を掘り当てることに成功している。

〈米村さんがシュリーマンとちがうのは、巨富を得なかったことである。高等小学校三年のときに中退し、理髪師の徒弟になった〉

米村さんは青森県の生まれで、子どものころから石器を拾い、考古学雑誌を愛読していた。自叙伝『モヨロ貝塚』（講談社）によれば、最初は床屋勤めがイヤだったようだ。

しかし手に職をもつと、どこに行っても食うには困らない。まず弘前の理髪店に奉公し、次に東京の書店街、神田で働いた。閉店後に朝まで本を読み、休日には貝塚や遺跡の調査会に参加した。このころ、東大人類学教室の鳥居龍蔵《とりいりゅうぞう》博士に気に入られている。

〈私のような一介の理髪職人の学問好きにも思い遣《や》りがあり、つねにあたたかく指導してくださったばかりでなく、考古学会にまで入れてくださったのである〉

と、『モヨロ貝塚』にある。

その鳥居博士の著書『千島アイヌ』を読み、アイヌの研究がしたくてたまらなくなり、北海道に渡った。

函館の理髪店で働き、一年後にいよいよ本場の網走に入る。一九一三（大正二）年、二十一歳のときだった。網走に着いた翌日の朝、米村さんの一生が決まる瞬間が来る。

網走川河口に向かって歩いていると、砂丘の断面に露出する巨大な貝塚が目に飛び込んできた。さらに砂丘の上には、古代の住居跡である竪穴が無数に点在していた。米村さんの「トロイア」の始まりである。

〈おお、これは正しく先人の遺跡である。これは大変なものを発見したぞ。私は雀躍《こおど》りしたい気持をおさえて、自分で自分に「おちつけ、おちつけ」といいきかせた〉

網走川河口に遺跡があることは明治二十年代に学会に簡単に報告されていたが、これほど重要な遺跡だということはまだ知られていなかった。米村さんはすぐに定住を決意し、発掘をしつつ、理髪店を開業することも決めた。「ババーショップ」という看板を出している。「バーバー」とすべきだが、当時の東京では「ババー」だったらしい。

〈つまり東京風にした。表を通る小学生がまっさきに反応して、「なんだ、床屋じゃないか、ババーショップ、ババーショップ」と、さわいだ〉（「オホーツク街道」以下同）

やがて店は繁盛して木造洋館となり、米村さんが掘った出土品は見学できるようになった。

〈この出土品置き場が、のちにモヨロ貝塚館や網走市立郷土博物館へと発展するのである〉

米村さんの〝発見〟からくしくも百年の二〇一三年、モヨロ貝塚館（網走市立郷土博物館分館）が改装された。

モヨロ人（オホーツク人）の住居や墓、狩りに使った回転式の銛《もり》など暮らしの道具の展示、そしてモヨロ貝塚の歴史も詳しく紹介されている。見学者数は改装前の五倍と大幅に増え、評判は上々のようだ。

網走市立郷土博物館の館長は米村衛《まもる》さん（五七）。米村喜男衛翁の孫にあたる。父の哲英《てつひで》さんも館長だったから、祖父から三代、館長職をつとめたことになる。米村館長はいう。

「司馬さんの『オホーツク街道』を読むと、祖父の『オホーツク斜面』という言葉を思い出します。稚内から知床まで司馬さんは歩きましたが、その弓なりの海岸線を祖父は『オホーツク斜面』と呼び、地域とそこに暮らす人々をテーマにした博物館をつくろうと考えた。司馬さんが書いたエリアですね。オホーツク斜面を書いた本は、ありそうでなかなかありません」

米村翁はよきアマチュアであり続けた人だという。

「基本的には床場《とこば》の職人です。酒もたばこもばくちもやらない、仲間からすれば変わり者でしょう。ただ勉強がしたくて、ただアイヌに会いたくて、次々と進路を切り開いていく。目的を持った人は強いですね」

米村翁が網走に来たときは、町が急速に発展するときでもあった。ハッカの作付けが増え、鉄道が開通し、大正はじめは人口六千ほどだったが、大正末には二万七千ほどになった。

「切り開いた郷土に愛着や誇りを持ちたいと考える人が集まってきた。郷土の研究会をつくり、それが博物館に発展していく。訪ねてくる人なら誰でも歓待し、ジンギスカンを振る舞い、知らない人でも泊めた。一方で、床場職人のための夜学校をつくったりしています。実技の補習と教養を身につけさせようとするもので、『床屋が学校ゴッコしている』と最初は笑われたが、続けるうちに誰も笑わなくなったそうです」

米村翁を支えたのは家族、そして地域の協力だった。モヨロ貝塚の本格的な調査は戦後からで、一九四七（昭和二十二）年が最初だった。米村館長の著書『北辺の海の民モヨロ貝塚』（新泉社）にある。

〈未曾有の食糧難の時期に常時四〇人を超える調査団の食糧を確保し提供しつづけたのは、地元の農家や漁業者のモヨロに対する熱い厚意以外の何ものでもなかった〉

オホーツク人を喜ばせた山の幸や海の幸が、調査団の原動力にもなったのである。

考古学と居酒屋

網走市の隣町、常呂町（現・北見市）の人口は約四千二百。これといった繁華街はないが、圧倒的な自然に恵まれている。オホーツク海に面し、網走側に能取湖、佐呂間《さろま》町側にサロマ湖をもつ。

〈常呂の地形はときに大観を展開しつつ、意外に変化が多い〉（「オホーツク街道」以下同）

一九九一年九月の取材の帰り、司馬さんは湖畔のリゾートホテルでコーヒーを飲んだ。目の前に広がる光景には心を奪われたようだ。

〈とくに夕景がいい。赤い雲が湖水を染めると、湖水をなかば抱いている丘陵は黒ずみ、いま神々が渉《わた》っているといわれても、ふしぎにおもわない〉

サロマ湖は日本で三番目に面積が広い。汽水湖のため、淡水・海水の魚介が豊富で、特に春はホタテ、冬はカキがうまい。

司馬さんは常呂を歩きつつ、古代人の食卓を想像している。

野にはシカやヒグマが駆け回り、流氷期はトドやアザラシも獲れる。サロマ湖の魚介はもちろん、常呂川には夏の終わりになると無数のサケ、マスが上ってくる。

〈採集のくらしの時代、常呂は世界一のいい場所だったのではないか〉

ややオーバーだが、それだけ司馬さんは常呂が気に入ったようだ。なにしろ、ここには多くの遺跡が眠っている。はるかな古代の縄文時代の遺跡もあれば、アイヌの祖先とされる「擦文人《さつもん》」の遺跡もあり、もちろんお目当てのオホーツク人の遺跡もある。

司馬さんは駆け足で遺跡を見て回り、考古学者たちの話をノートしていく。担当者としては司馬さんのいつも以上のやる気がうれしかった記憶がある。

「先生、今回は本当に熱心にメモしていますね」

と、いうと、司馬さん、

「そういうことというとな、やる気がなくなるだろ」

急につまらなそうな顔で、取材ノートをしまってしまった。

◇　◇

司馬さんはまず、「常呂川河口遺跡」を見学した。

さまざまな時代の遺跡のうち、オホーツク人の竪穴住居に注目している。「常呂川河口遺跡一五号」と呼ばれ、九世紀後半のもの。取材の一年前に見つかったばかりだった。

〈若い男性がいる。きくと、東京の立正《りっしょう》大学で考古学を学んだ武田さんという教育委員

会の主事さんだった〉

この遺跡全体の調査は二〇〇三年に終了した。成果はサロマ湖が近い常呂町栄浦の「ところ遺跡の森」にある「ところ遺跡の館」で見ることができる。

武田修さん（五九）に再会した。

「現場のプレハブ小屋で、一五号から出てきた遺物を司馬さんにご説明しました。クマの犬歯で作ったラッコ（約五センチ）やシカの角で作った指揮棒のようなもの（約三〇センチ）などを見ていただきました。指揮棒の端にはクマの頭が彫られ、中心部にはクジラが描かれています。陸と海の大きな獲物を神聖視したものかもしれません」

一五号住居はオホーツク人の遺跡のなかでも、最大規模だという。竪穴は六角形で、長軸が一四メートル、短軸が一〇メートル。大きな柱が長軸に沿って四本、粘土で床を張り、白樺の樹皮で屋根を葺いていた。

「六、七家族、二十〜三十人ほどが集団生活をしていたのでしょう。おそらくは大きな船も持っていて、クジラなどを一緒に獲っていたと想像しています。さらには動物の彫刻などにみられるように、表現力の豊かなグループだったと思います」

住居の一画には骨塚があった。

ヒグマ、シカ、キツネ、タヌキ、テンの頭骨があり、なかでもヒグマは四十五個もある。大きなタンパク源であり、寒さをしのぐ毛皮も貴重で、丁寧に祀《まつ》ったのだろう。

出土品の保存状態がいいのは、住居が突発的な火災に遭い、蒸し焼き状態となったあとに捨てられたからと考えられている。寒空の下、焼け出されたオホーツク人たちの悲しい顔が浮かぶ。

「四十個余りの土器が整然と出てきたときは、ときめきを感じました。考古学の楽しみは現場ですね」

武田さんも考古学のロマンに魅せられた一人のようだった。

ロマンといえば、常呂遺跡には欠かせない人物がいる。一期だけ町議もやった大西信《のぶ》武《たけ》さんで、司馬さんは、「奇骨の人」と表現している。

自叙伝の『常呂遺跡の発見』（講談社）によれば、明治三十二年に旭川市に生まれた。「怖いもの知らずの暴れん坊」だったという。土木作業員として道内や樺太（サハリン）各地で働き、常呂で土建業や映画館を経営するようになる。一方で、若いころからアイヌの伝説に興味があり、工事現場から出てくる貝塚や動物の骨なども気になっていた。その大西さんが、常呂の海岸沿いの砂丘の雑木林で、無数の竪穴群に出会うことになる。

〈ぼかすかタテアナだらけだ。（略）これはすごい、ただごとではない、と思うと、もうどうなってもいいくらいに興奮して、（略）転げるように歩きまわったのだった〉

大西さんはすぐに保存が必要だと考えた。実行力のある人で、北海道知事や北海道大学、東北大学などに出向いて直談判を始めたが、なかなか相手にされない。これはもう東大しかないと思っていた一九五五年夏、偶然にも東大の教授が、常呂に来ていることを知った。

言語学の服部四郎教授(一九〇八〜九五)だった。常呂に住む樺太アイヌ語の語り部、藤山ハルさんにこの年出会い、調査を始めたばかりだったのである。

夕食を終えて宿屋にいた服部教授の部屋に、大西さんはアポなしで乗りこんできた。「私と大西さんとの出会い」(『常呂遺跡の発見』所収)によると、大西さんはいきなりあぐらをかいて座り込んだ。ズボンのボタンが全部はずれ、色黒でしわが深く、眼光は鋭い。

〈率直にいって、「何をゆすりに来たのだろう」というのが、私の最初の反応だった〉

と、服部教授は書いている。

しかし現地を案内してもらい、その重要性を知った。さっそく東大に戻り、考古学の駒井和愛《かずちか》教授にこの話をした。すると駒井教授はすぐに常呂に飛んできて、大西さんの案内で竪穴群を見て、狂喜する。

〈ぴょんぴょん飛びはねるようにタテアナからタテアナへクマザサをかき分けて、奥の方へと進んで行く〉

と、大西さんは書いている。

東大の発掘は五七年から本格的に始まり、やがて常設の実習施設を置くようになり、いまも続いている。大西さんが紹介した竪穴群は、七四年に「史跡常呂遺跡」として指定された。

「二千五百以上の竪穴があり、東大が調査したのは十三軒、私ども常呂町で調査したのは三十軒ほど。まだまだ手つかずです。司馬さんも雑木林の竪穴群を歩かれましたね」

と、武田さんはいう。

◇　◇

この当時、司馬さんに雑木林の竪穴群を案内したのは、東京大学助教授の宇田川洋《ひろし》さん（六九）だった。宇田川さんは札幌西高校の出身で、司馬さんのこの旅のナビゲーター、野村崇さんの後輩にあたる。

宇田川さん、野村さんと雑木林を歩く司馬さんは楽しそうだった。

「考古学のバイキンを、宇田川先生に伝染《うつ》したのでしょう」

と、司馬さんは野村さんをからかっている。

〈「そうだったんです」

野村崇氏のいかつい顔が、微笑で溶けた。

先に立って歩いている宇田川助教授も、わらいだした〉（「オホーツク街道」以下同）

常呂にはアイヌの砦《とりで》である「チャシ」の遺跡もある。そのひとつの発掘現場で、宇田川さんが東大の学生たちに指導する姿をみて、司馬さんはさらに想像をたくましくしている。

〈この軽捷《けいしょう》な身ごなしの人をながめていると、ここで塁を築き、若者たちを戦士にして敵襲に耐えようとする若い族長のようにみえてくる〉

〝若き族長〟はその後東大教授となったが、常呂を拠点にして研究を続けた。アイヌ文化、オホーツク文化の第一人者で、東大を退官後も研究を続ける一方、二〇〇六年には札幌で居酒屋「ゆかり」を開店させている。

「今年で丸八年になります。常呂時代からずっと居酒屋をやりたいと思ってたんですよ」

と、宇田川さんはいう。

考古学者や人類学、民族学などの学者や歌人や彫刻家などが集まるアカデミックな居酒屋だが、宇田川さんはなかなか腕が立つ。常呂町の後輩たちがいっていた。

「昔から先生の家は、夜な夜な居酒屋みたいなものでしたよ。日本酒のラベルのコレクターだし、『魚をさばく包丁は、女房にも触らせない』といってたし」

「やっぱり、うまいのは〝ヒロシの手打ちうどん〟ですね。『これが俺の今の仕事だ、遠慮しないで注文しろ』といわれ、打ってくれたな」

夜な夜な酒を酌み交わしつつ、宇田川さんから考古学のバイキンを伝染された人々だった。

ウイルタの尊厳

司馬さんは知人への手紙に、「オホーツク街道」の旅での出会いを書いている。
〈網走在住のウイルタ出身の老婦人におあいしました。品のいい、（略）そしてきらきらと光る倫理を感じさせる婦人でした〉（一九九二年五月、速水康子さん宛て）
ウイルタの北川アイ子さん（一九二八～二〇〇七）のことだった。
ウイルタはトナカイ遊牧と狩猟や漁労を生業とするサハリン（樺太）の少数民族。いまはサハリン全土で三百～四百人程度がロシア人として暮らしている。樺太南部が日本領だった戦前は、「オロッコ」と呼ばれていた。アイ子さんも樺太生まれで、日本語教育を受けている。苦労を重ねて六七（昭和四十二）年ごろに網走にやってきた。
〈彼女は孤独をおそれる人ではないが、まちのひとたちも彼女の独立自尊を大切にしつつも、いたわりの心で見つめている。弦巻宏史《つるまきひろし》氏もそういう外護者《げごしゃ》のひとりである〉（「オホーツク街道」以下同）
弦巻宏史さんは当時、網走市内の中学の社会科の先生だった。教え子にアイ子さんの息子がいて、家庭訪問をしてから仲良くなった。

「アイ子さんは積極的に取材を受ける人ではないし、司馬先生のことも知らなかったでしょう。会っていただくために、慎重にタイミングを計ったことは覚えています」

アイ子さんに会う予定の日の前夜、ホテルに弦巻さんが訪ねてきた。弦巻さんは深刻な顔で、

「どうも明日はまずいです。アイ子さんはおそらく山に行くでしょう」

と、いった。

〈この季節、前夜に雨がふると、アイ子さんは必ず森に入る。落葉松《からまつ》のまわりにきのこがあがっているはずだからである。そういう日は、当方は遠慮しなければならない〉

キノコ採りが理由でキャンセルになったことを、司馬さんはかえっておもしろがっているようだった。

「次の日に会っていただきましたが、アイ子さんはずっと切り紙をしていて、司馬先生もほとんど質問をされない。不思議な時間でした」

と、弦巻さんはいう。取材は、網走市大曲《おおまがり》にあった「ジャッカ・ドフニ」で行われた。ウイルタをはじめとする北方少数民族の資料館である。

ウイルタの夏の家をイメージして建てられた資料館で、ウイルタや樺太アイヌの婦人服、木製の偶像（セワ）などが飾られていた。いたるところにある切り紙や刺繡《ししゅう》にウイ

ルタの文様（イルガ）が施されていた。アイ子さんの手作りである。
アイ子さんの兄のD・ゲンダーヌさんの遺影も飾られてあった。
ゲンダーヌさんの日本名は北川源太郎。『ゲンダーヌ　ある北方少数民族のドラマ』を網走南ケ丘高校の教師だった田中了さんと共同執筆し、毎日出版文化賞を受賞した。資料館を建設する中心的な存在だったが、八四年に亡くなった。アイ子さんは兄の遺志を守りつつ、資料館を守っていたのである。

その人生は波乱に満ちていた。

十九歳でエベンキ族（サハリンの少数民族）の男性と結婚したが、新婚六カ月で夫はシベリアに抑留され、行方がわからなくなる。その後に朝鮮人の青年と再婚し、五人の子ができた。兄のゲンダーヌさんが日本にいると聞き、一家をあげて網走に来たが、この夫も東京に行ったあとに消息がわからなくなった。故郷の朝鮮半島に帰りたいといっていたという。彼を責める気にはなれないと、アイ子さんは、小冊子「私の生いたち」で語っている。司馬さんはアイ子さんに会い、于武陵《うぶりょう》作の唐詩の一節を思い出している。

〈花発《はなひら》ケバ風雨多シ、人生別離《べつり》足《た》ル。

「サヨナラダケガ人生ダ」

という井伏鱒二氏の名訳をおもいつつ、アイ子さんの半生のためにある詩のように思えた〉

秋の網走の夕暮れ、アイ子さんに見送られてジャッカ・ドフニを去るとき、同行の考古学者、野村崇さんが弦巻さんに話しかけた。

「あのー、ひょっとして、札幌西高校の弦巻君ではないかい。僕は野村です、同級生の。君に数学を教えてもらったと思います」

まったく気づいていなかった弦巻さんだったが、やがて思い出したようだった。弦巻さんはいう。

「そういえば、考古学少年の野村君でした。しかし、野村君に数学を教えたことはなかったと思うんですけど（笑）。そのあと網走のレストランで司馬先生からバスクのお話を聞きましたね」

ジャッカ・ドフニも二〇一〇年秋に閉館し、レストランも一三年秋に閉店している。アイ子さんは〇七年十二月十六日に、七十九歳で永眠した。ジャッカ・ドフニにあった資料は、北海道立北方民族博物館（網走市）に収蔵された。

この博物館は司馬さんも取材当時訪れている。

北方の少数民族やオホーツク文化についての詳しい展示がある。学芸主幹の笹倉いる美さんはアイ子さんとは交流が深かった。

「網走の人たちはアイ子さんのことを気にはしても、べたべたしないというスタンスでした。アイ子さんもそれを望んでいたと思います。司馬先生は一度しか会っていないのにそれに気づかれたことに驚きました」

笹倉さんはアイ子さんの一年の生活の記録を撮影している。

「最初は不機嫌そうに見えたけど、とてもお茶目な人でした。ピアスが好きなオシャレさんで、踊るのが大好き。春は山菜のフキ、ワラビ、海岸に生えるハマボウフウ（セリ科）、夏はラクヨウなどのキノコ。最初に山に入る日と今日が最後だという日には、木の根元や湖や海に、お米やお酒、お菓子を供えます。ババチュリ（お祈り）という儀式ですね。サケを五枚に下《お》ろす包丁さばきも見事でした」

刺繡や、手袋や人形（ホホー）作りを教えることを楽しむ晩年を送ったという。アイ子さんの思いを引きつぐため、弦巻さんは週に一度、網走市内のホテルでアイ子さんについて語る。ウイルタの刺繡を学ぶ市民のグループ「フレップ会」も網走にはある。

笹倉さんに学芸員の山田祥子《よしこ》さんを紹介された。富山県出身で北大でウイルタ語を知った。

「ウイルタ語と日本語は文法も発音も似ています。でもこんなに近い民族なのに全く知られていない。だんだんやめられなくなりました」

一〇年四月から一年、サハリン北部のノグリキ町で留学生活を送った。サハリンの鉄道の終着地点で、サハリンの石油開発基地への入り口ともなっている。

「ウイルタの女性、エレーナ・ビビコワさんの家にホームステイをさせてもらいました。

七十三歳で普段の生活はロシア風ですが、ときどきおすそ分けがあると、トナカイの肉のボルシチやアザラシの肉の塩茹《しおゆ》でを作ってくれました。アザラシは苦手かな」

サハリンにはほかにも少数民族の人々がいる。なかでもニヴフ（ギリヤーク）の人々は約二千七百人と、人数が多い。

「ビビコワさんにもニヴフの友達がたくさんいました。民族同士は仲がいいですが、いろいろ違います。ニヴフは定住的で、結束力がある。少数民族のなかでも積極的な発言をする存在です。一方、ウイルタは働き者ですが、ひょうひょうとし、モノやお金に執着しない人々ですね」

ウイルタ本来のトナカイ遊牧をするグループもわずかに存在する。国際石油資本の「エクソンモービル」が生活支援をしているという。

「私もトナカイに乗りましたが、すぐに振り落とされました。ポニーぐらいのサイズですけど、難しいんです。ウイルタは夏は海辺を遊牧し、冬は山の中に入ります。飼っているトナカイは食用にせず、野生のトナカイを捕獲します。ほかにアザラシやシカなども獲りますね。最近は石油開発の影響で野生のトナカイは減少しているようです」

ウイルタ語はかつて文字を持たなかったが、勇壮な創世神話を口承してきた。

「たくましく働き者の美しい青年と怠け者でグータラな弟がいて、そこに日の姫が舞い降ります。結局、怠け者の弟と結ばれる。そんな英雄叙事詩の翻訳に忙しいんですよ」

と、山田さんは目を輝かせて語る。

北方の少数民族が大好きでモンゴル語を学んだ司馬さんと、もし会っていたなら話が弾んだろう。

ゴム長の勇者

一九九二（平成四）年正月、司馬さんはまず札幌に到着した。駅近くのホテルに着くと、中央公論社社長（当時）の嶋中鵬二さん、夫人の雅子さんがロビーで出迎えてくれた。嶋中さんは司馬さんに毎年正月に会うのを楽しみにしていて、札幌だろうが台北だろうがどこにでも〝出没〟する。

嶋中さんのやや甲高い声が個室に響き渡り、雅子夫人も負けずに話題を提供し、司馬夫妻を笑わせる。

しかし司馬さんはだんだん疲れてきたのか、食事後にいったん部屋に戻った。さらに夫人のみどりさんも電話で席をはずし、嶋中夫妻と私（村井）だけが一緒という妙な〝間〟になった。すると、嶋中さんがさっきまでと違う静かな声でいった。

「あなたはお年、いくつですか」

三十三歳ですと答えると、

「その若さで司馬さんと一緒に旅をできることがどれだけ幸せか、あなたはやがてわかるときが来るね」

やがて司馬さんが戻ってきた。そんな話題になっていることはまったく知らず、休養たっぷり、さあ飲むぞという雰囲気だった。

◇　◇

一月三日、司馬さんは列車で札幌から稚内へと向かった。約六時間の長旅には、考古学者の野村崇さんが同行してくれた。『サハリン発掘の旅』という本が話題になってい る。旧ソ連時代の八九年、サハリン（樺太）を訪ねた野村さんら考古学者が文章を寄せたものだった。

〈考古学者の旅行記でありながら、素人の私には専門外のことがらのほうがおもしろい〉（「オホーツク街道」）

なかでも、当時は富良野市郷土館の学芸員だった杉浦重信さんの文章が気に入っていたようだ。杉浦さんはサハリンのポロナイスク（敷香《しすか》）地区を訪ねた。湖近くの遺跡はツンドラ地帯にあり、湿原にコケモモや野イチゴが実っていた。ロシア人の少女二人が摘んでくれた野の実は甘酸っぱくておいしい。

「バリショエ　スパシーバ（どうもありがとう）」

と礼をいうと、またもや一生懸命に摘みはじめたという。

〈彼女たちのその姿がとてもいじらしく思えた。私の両手は、またツンドラの実で溢れた〉（『サハリン発掘の旅』）

　と、杉浦さんは綴った。

〈文章があかるくて、明晰で、読んでいると気分があかるくなる〉

と、「オホーツク街道」でほめてもらい、杉浦さんは司馬さんにお礼の手紙を書いた。自作の短歌も添えたところ、さっそく返事が届いた。

〈「一粒の種に魅せられ探求す閃光放つ擦文《さつもん》農耕」は、感動的でした。彼らもまた農耕知りしや（略）農は定住と蓄積を意味し、定住は広域社会への萌芽を意味するがゆえに、一粒の種子に擦文の世の閃光を見たる学者の眼は尊いと思えたりということです〉（九三年一月）

　当時、アイヌの祖先とされる擦文（文化）人たちが農耕していた証しである種子がよく見つかっていた。司馬さんは〝考古学短歌〟もまた、気に入ったようだ。杉浦さんはいう。

「昔の考古学者はよく報告書の終わりに一首を添える人がいて、たとえば駒井和愛先生がそうですね。考古学は物がなくてはだめな唯物論の世界、詩歌は見えない物もみる唯心論の世界です。司馬先生は二つの対極の世界の重なり合いをおもしろいと思われたかもしれません」

　常呂遺跡の件で登場した駒井教授の短歌は、司馬さんも「オホーツク街道」で紹介している。

〈うるはしき屈斜路《くっしゃろ》湖畔《こはん》のいでゆふね秋の日ざしに乙女らは浴ぶ〉

考古学と文学とが混然一体となっているのがこの旅の魅力でもあった。

九二年の旅に話を戻すと、司馬さんは南稚内駅に到着した。ホームに立つとすでに夜で、突然、

「さよならぁ」

という声が響いた。驚いて振り向くと、車掌さんが列車の最後尾で手を大きく振っている。司馬さん、

「人懐っこい車掌さんだね」

と、ますます上機嫌だった。

◇　◇

翌朝はまず、そろりそろりとホテルから靴屋に向かうことから始まった。たどり着いた靴屋でゴム長靴を買うと、司馬さんは気に入り、新雪のなかにわざわざ入っていく。

「こりゃいいな、満州以来だな」

と、雪を蹴散らす。みどりさんも同じことをやっていて、二人とも子どものようで、目が離せない。

取材は岬めぐりだった。

稚内の市域は広く、いくつもの岬を持っている。宗谷《そうや》海峡に突き出た大きな岬が二つあり、西が野寒布《のしゃっぷ》岬で、東が宗谷岬（大岬）になる。宗谷湾には小さな声問《こえとい》岬があり、さらには日本海側に突き出た抜海《ばっかい》岬もある。

司馬さんはまず西側の抜海岬、野寒布岬、声問岬から回り、翌朝から宗谷岬を目指した。快晴だったが、「宗谷国道」を北上しているうちに吹雪になってきた。岬の手前にあるオホーツク文化の重要な恩頃間内《おんころまない》遺跡、江戸時代の探検家、間宮林蔵（一七七五〜一八四四）が出発した地点などを取材している。このとき、宿泊した稚内グランドホテルの泉尚《ひさし》社長が、ドライバーになってくれた。

「三泊していただきまして、私にとっては永遠の三日間でしたねえ。私は緊張して、背広を着るのも忘れているぐらいでした」（泉さん）

このため、宗谷岬に着いたとき、泉さんはワイシャツ姿で走り回っていた。司馬さんはだるまのように着込んでいたので、泉さんの姿に驚嘆して私に振り向き、

「稚内の人はすごいねえ」

と笑ったとたん、姿が消えた。

ゴム長に自信を持ちすぎ転んだのだった。

場所は海軍望楼《ぼうろう》がある丘の下だった。日露戦争時にロシアのバルチック艦隊が宗谷海峡を通る心配があり、そのために建てられた望楼だったが、積雪が凍っていた。『坂の

上の雲』の作者は、しばらく首筋をさすって取材を続けたのである。

◇　◇

「オホーツク街道」の〝家庭教師〟野村崇さんはサハリンに司馬さんを連れていきたがったが、礼文島にも連れていきたかったようだ。

〈私の日程のなかに礼文島が入っていないことに、野村氏は残念そうだった〉（「オホーツク街道」）

礼文島では、海洋民族のオホーツク人がセイウチの牙《きば》で作ったとされる婦人像が出土している。

さらには利尻島にも連れていきたかっただろう。七七（昭和五十二）年に発掘された亦稚《マタワッカ》貝塚はオホーツク人が残したもので、ニシンなどの魚骨、アワビやウニ殻、さらにはトド、オットセイ、カラフトブタなどの骨も出ている。野村さんと親交のある考古学者、利尻町教育委員会の西谷榮治《にしやえいじ》さんはいう。

「トナカイのT字状の角が出土し、そこには二十五頭ほどの鯨《くじら》と一頭の熊が描かれています。トナカイはもちろん利尻にはいませんから、サハリンから持ってきたものでしょう」

鯨は貴重だったろう。

油や鯨肉はもちろん、骨も鍬《くわ》などの道具として使われたという。利尻島と礼文島の距離は八キロほどだが、対峙する地点に鯨にまつわる地名が残っている。

「アイヌがつけた地名で、利尻はポロフンベ（大きな鯨）、礼文はフンベ（鯨）。かつては二つの島の間を鯨が泳いでいたんでしょう。おそらく動きがゆったりしているセミクジラを捕らえたのだと思います」

雄大な鯨を前に緊張するオホーツクの男たちの姿が浮かぶ。大きな舟もあったのではないか。

さらには、トナカイの骨にはラッコらしき動物も刻まれている。

「ラッコも利尻にはいませんから、道東か千島列島にいた人々が描いたのかもしれない。大陸からサハリンに南下したオホーツク人もいれば、千島方面から北上する人の流れもあったのではと考えています」

日本海に浮かぶ利尻島の利尻富士（標高一七二一メートル）を目印として、日本海、宗谷海峡、オホーツク海を行き来する、たくましい先祖がいたのである。

目梨泊《めなしどまり》の記憶

一九九二年正月の取材は、クライマックスを迎えた。一月六日正午に司馬さんは稚内を出発、この日のうちに紋別まで行く計画だった。走行距離は二〇〇キロを超す。途中で取材を重ねていくため、紋別のホテルに着くのはおそらく夜だろう。

司馬夫妻や考古学者の野村崇さん、私（村井）ら同行者を乗せたマイクロバスは、オホーツク海沿岸の国道二三八号（オホーツクライン）を南下した。

〈北海道には自然だけでなく、人文のふしぎさもすくなくない〉

と、「オホーツク街道」にある。

小さな町にも大きなドラマがある。猿払《さるふつ》村、浜頓別《はまとんべつ》町を経て枝幸《えさし》町に入ると、日は傾いていた。

〈前方に、岬が出現した。

岬は岩のかたまりで、二本角《づの》の犀《さい》が海に頭を突っこんで咆哮《ほうこう》しているように怪奇である〉（「オホーツク街道」以下同）

この神威《かむい》岬が重要だった。稚内からこの岬まではあまりオホーツク文化の遺跡はないが、岬をすぎるとオホーツク人の一大集落がある。その重要性がモヨロ貝塚に匹敵するほどに近年注目されていると、野村さんは教えてくれた。

「目梨泊《めなしどまり》遺跡」

と呼ばれる遺跡で、枝幸町教育委員会の佐藤隆広さんが、遺跡近くの道路際で司馬さんを待っていた。

〈佐藤さんは昭和二十五（一九五〇）年うまれだから、四十二歳になる。色白の童顔で、京人形顔《きようにんぎようがお》である〉

佐藤さんは〝京人形顔〟を寒さで真っ赤にしながら、司馬さんに遺跡を案内するため、雪原を進んでいく。やがて立ち止まり、

「（遺跡は）このあたり一帯です」

といった。

正直、司馬さんも途方にくれた。

見渡す限り雪に覆われ、どこが遺跡かさっぱりわからない。

しかしここで古代オホーツク人がつくった住居跡七軒と墓四十九基が発見されたという。佐藤さんは見えない遺跡についてしばらく語り続け、

「時間がありませんね」

といいつつ、次は発掘事務所、その次は町の資料館と、ノンストップで司馬さんを案内した。それだけ目梨泊からはユニークな遺物が出土している。

〈鉄刀は、

「蕨手刀《わらびでのかたな》」

とよばれるものであった〉

蕨手刀は正倉院御物《ぎょぶつ》にもあり、柄の頭が早蕨《さわらび》の形になっているため、そう呼ばれている。オホーツク人は鉄を生産しない。蕨手刀の存在は、枝幸のオホーツク人たちが本州の大和政権か、その出先機関のような人々とつながりを持っていたことを示す可能性がある。二人の話は弾んだ。

「キャデラックを持っていたようなものですな」

「いや、それ以上のものでしょう」

さらに青銅でできた銙帯金具《かたいかなぐ》が話題になった。大和政権の官位を示す帯飾りである。

〈オホーツクの〝族長〟氏は、平素、奈良朝の官服を着てこの海岸を歩いていたのかもしれない〉

やはり出土しているガラス製の小玉や琥珀《こはく》の玉は族長夫人へのプレゼントだったのだろうか。琥珀やガラス玉は、サハリンや沿海州から来たものと推定される。

〈米村喜男衛《よねむらきおえ》翁が網走のモヨロではじめてオホーツク遺跡を発見したが、この枝幸の大

遺跡は、おなじオホーツク文化ながら、一つの範疇《はんちゅう》に入りにくい出土品が多い〉

佐藤さんの話は食事の席でも止まらなかった。別れの挨拶のあとにも、バスに乗り込んで説明を続けた。

その熱意を受けるように、司馬さんは枝幸の話をまとめている。

〈枝幸町で、オホーツク文化は、もう一まわり、歴史として大きくなろうとしているのではないか〉

バスを見送る佐藤さんの姿はやがて小さくなった。

◇　◇

佐藤さんの研究はその後、大きな評価を得ることになる。出土した約二十三万点の遺物のうち、蕨手刀や青銅製の銙帯金具など三百十九点が国の重要文化財指定を受けた。

佐藤さんが発掘、調査した目梨泊遺跡の遺物を中心にして、「オホーツクミュージアムえさし」が九九年十月末に開館している。

ただし、佐藤さんは開館ひと月前に肝臓がんのため、四十九歳で亡くなった。

佐藤さんの後輩で、オホーツクミュージアムえさし館長の高畠孝宗さん（四〇）がいう。

「よく司馬さんに会った話をして、『京人形顔って書かれたんだぞ』って自慢してました。丸顔ではあったけれど、京人形顔かなあと思いましたけど（笑）。三年しかご一緒できませんでしたが、この遺跡を世に出すのが自分の仕事で、それがどんな意味を持つのかは若い人たちの仕事とおっしゃっていた。それは違う、自分でされたほうがいいですよとずいぶんいったけど、残り時間をご存じだったんですね」

高畠さんは北海道夕張市の生まれで、筑波大学で考古学を学んだ。

「北海道生まれなのにオホーツク人なんて全然知りませんでしたが、担当教官の専門がオホーツク文化で、礼文島の浜中遺跡に連れていかれました。もうざくざく土器や石器、骨角器が出て、いいな、考古学と思ってしまった（笑）」

司馬さんが佐藤さんに会った二年後の九四年、目梨泊遺跡を見学して佐藤さんと知り合ったという。

「テント持って友達と二人、斜里から北上して、オホーツクの遺跡を回りました。佐藤さん、そば食べてけってごちそうしてくれて、出たばかりの調査報告書もぽんとくれました。枝幸町の学芸員を受けたとき、佐藤さんが面接で、『レベル（水準器）見れるか』『見れます』『ハイ、合格』。あれ、ホントに面接試験だったのかな（笑）」

一緒に働く若い仲間がほしかったのだろう。その志や夢はいま、高畠さんが継承している。

「司馬さんが歩いた目梨泊遺跡はいま国道二三八号の新道となっています。佐藤さんが掘ったのは遺跡全体の四割ほどにすぎません。いまは新道と旧道の間の遺跡を少しずつ掘っています。佐藤さんが見つけたようないいものはまだ出ませんが」

高畠さんは、古代の枝幸は交易の拠点だったとみている。

「モヨロ貝塚と目梨泊が代表的な拠点でしょうね。サハリンなど北方、本州など南方に開いた『窓』の役割を果たした。モヨロの最盛期が七世紀ぐらいで、目梨泊は八世紀から九世紀と、やや時間がズレています」

目梨泊の遺跡の最大の特徴は「墓」にあるのだろう。

「ほかの地域のオホーツク人の墓の多くは、体を折り曲げて葬る『屈葬』ですが、ここは体を伸ばして葬る『伸展葬』なんです。さらには他の地域は頭を北西の方角、つまり故郷のサハリンらしき方向に向けていますが、ここは南西です。理由はよくわかりませんが、ほかの地域とは一線を画す人々だった気がします」

司馬さんが「キャデラック」と表現した蕨手刀にも多くの謎がある。

「オホーツク人たちは蕨手刀を武器としては重要視せず、リーダーの墓に、刀身を壊して一緒に葬っています。一代限りの宝物だったようですね。北海道の中央部の古墳からも蕨手刀はよく出ているし、蕨手刀の主産地は東北と考えられています。しかしその蕨手刀を誰が枝幸に持ち込んだのかはわからない。私は内陸ルートではなく、日本海ルートで持ち込まれたと考えています」

そんな高畠さんのフィールドは近年広がりつつある。

枝幸町は二〇〇六年に隣町の歌登町《うたのぼり》と合併した。

「内陸の歌登にはオホーツクの遺跡は出ませんが、旧石器時代の遺物が多く、さらに絶滅した謎の哺乳類、『デスモスチルス』の完全な骨が出ています。丸ごと一匹出たのは全国でもここだけで、やや不本意ですが、子どもたちにはオホーツクより人気があります」

高畠さんと一緒に、佐藤隆広さんの妻、睦美さんに会った。三人の子どもを育てあげ、最近二人のお嬢さんが相次いで結婚し、それぞれ出産した。肩の荷が少し下りたようだ。

「子どもたちは、旅行といえば博物館か資料館で、遊園地に行ったことがないんですよ。みんなお父さんが大好きでした。一人ぐらいは考古学に進むかと思っていたけれど、最後の一年のお父さんが怖かったみたい。報告書を出す期日がせまると考古学者は大変です。発掘するときは出てきたら楽しいし、出なくてがっかりしてもそれはそれで充実している。ただし、報告書を作る作業は苦しいし、目梨泊は膨大すぎました」

司馬さんに会うことが決まり、待ちかねていたという。

「司馬さんに会った夜の幸せそうな顔は、いまもまざまざと思い出します。わかってくれる人にようやく会えたんだと、眠るまでいい続けました。あれだけ発掘できて、あれだけわかってくれる人に会えて、しかも重文に指定されて、本当に悔いのない人生だったと思いますよ」

と、睦美さんは微笑む。

「亡くなってあっという間の十五年でしたが、子どもたちのなかにあの人は生き続けています。『高校までは枝幸にいなさい。そのあとはほかの土地で一人で暮らしてみなさい。そして帰りたかったら帰っておいで』って、いってました。その言葉どおり、みんないったん帰ってきました」

佐藤さんのお墓は生涯をかけた目梨泊にあり、睦美さんら家族、高畠さんら後輩を見守っている。

◇　◇

一九九二年の旅に戻ると、マイクロバスは静かな興奮に包まれているようだった。同行者たちは佐藤さんについてしばらく語り、そのうちみんな眠ってしまった。二三八号はよく除雪されていて、バスの振動音が心地よい。そんななか、司馬さんだけが席の小さなライトをつけ、佐藤さんの話を取材ノートに書きつけている。休みない取材で疲れているのに、手を抜かない。表情は真剣そのものだった。

「司馬サン、偉いなあ」

と思いつつ、私は急速に睡魔に襲われた。紋別まではまだ遠かった。

知床とアザラシ

司馬さんの冬の旅をたどる取材も終盤を迎えた。紋別市の料理店「一法亭《いっぽうてい》」に行った。司馬さんが一九九二年一月六日、疲れた体を休めた店である。

〈繁華街に出た。ひとびとが往き交《か》っている。酔客もいれば、コンパ帰りらしいお嬢さんのむれもいる〉（「オホーツク街道」以下同）

と書かれた、港近くの「はまなす通り」にある。店主の鋤澤一法《すきざわかずのり》さんは、司馬さん一行が忘れられない。

「その年の正月が明けてはじめてのお客が、司馬先生でした。『これは何かいいことがあるね』って女房と喜んだんです」

時がたち、はまなす通りは少し灯《あか》りがさびしくなったが、一法亭は健在だった。御利益が少しはあったのかもしれない。

一法亭では、紋別市立博物館学芸員の佐藤和利さんに会った。二十二年前に司馬さんとこの店で会食し、

〈降る雪の冬海は青み昏《くら》き世のオホーツクのむかし偲《しの》ばゆ〉

と、色紙を書いてもらった。

「稚内からいろいろ取材して、遅くに到着されましたね。正月明けだから年末のうちに市場に頼んで用意してくれてたんです。同行の人たちは喜んでバンバン食べてくれたけど、肝心の司馬先生が全然食べないんだ、これが（笑）。帰りに店の鋤澤さんが、自家製の鮭《さけ》トバ（鮭の干物）をすすめたら、『これはうまいですね！』といわれたのには驚いた。生もの、苦手だったんだと思いました」

と、佐藤さんは笑う。

その後司馬さんは紋別市のオムサロ遺跡を取材したあと、網走市に入っている。羅臼《らうす》町とともに知床半島を抱える斜里町を訪ねた。

〈知床でもって、この旅はおわる。

この半島は、日本の北端地形の偉容であり、あわせて古代のさまざまのことを考えさせてくれる〉（「オホーツク街道」以下同）

司馬さんは知床峠まで行った。

〈峠までゆくと、積雪のなかに、斜里町の町立施設が建っていた。（略）ホテルのようにりっぱである〉

この町内施設は知床自然センターだった。案内した当時の知床博物館館長の金盛典夫《かなもりのりお》さんはふりかえる。

「私たちは、司馬先生に知床半島の自然と野生動物をテーマにした記録映像を見ていただきたかったんですよ。ところが先生は、コーヒーを飲んでいて、ご覧にならない。何度かおすすめすると、丁寧におっしゃいました。『私は映像よりも、いま知床にいる感覚のほうを大事にしたいんです』と。映像よりも活字に生きる方なんだなと思いましたね」

たしかに司馬さんは知床峠で、さまざまな思索を重ねている。

幕末の探検家で、知床にも足を運び、自らを「北海道人」と号した松浦武四郎《たけしろう》のこと。武四郎はアイヌを愛し、弾圧した松前藩を告発した気骨の男で、サハリン（樺太）の少数民族にも関心を持っていた。

さらには旅のテーマだったオホーツク人のこと。五世紀ごろにサハリンなどからやってきた謎の海洋民族は多くの遺跡を残し、九〜十世紀に北海道から姿を消す。アイヌの祖先とされる擦文人たちと接触、融合していったようで、知床にもそれを示す遺跡が数多くみつかっている。

最後に司馬さんは、旅の道連れとなってくれた考古学者の野村崇さんに深く感謝し、

「北海道の考古学者は、みないきいきしていますね」

と、エールを送っている。

野村さん、常呂町（現・北見市）の東大の宇田川洋さんなど、多くの考古学者に支えられた旅だった。

その北海道考古学の伝統は、次世代に受け継がれている。

熊木俊朗《としあき》さん（四六）に会った。熊木さんは東大大学院准教授で、宇田川さんの教え子にあたり、いまは常呂町の東大常呂実習施設に常駐している。

「考古学者になるような人は、子どものころに土器や石器を集めていると時間を忘れて熱中する人が多い。司馬先生の『オホーツク街道』を読んで、同じ匂いがしました。なぜ考古学者になられなかったんだろうと思ったぐらいです」

と、熊木さんは楽しそうにいう。

最近では出土したオホーツク人の骨のDNAを調べる研究も進んでいるという。

「現在のどの民族と関係が深いのか、DNAで分析すると、アムール川下流域に居住する集団と遺伝的に近く、その中でも特にニヴフ（ギリヤーク）が最も近いようです」

ニヴフは狩猟や漁労の民で、たしかにオホーツク人の先祖に似つかわしい気がする。

「しかし一方で、オホーツク人のDNAは、アイヌにも近いという結果が出ています」

羅臼町のトビニタイ遺跡などから出た土器だと、器の形は擦文式で、文様はオホーツク式だという。土器作りは女性の仕事と考えられ、常呂町で司馬さんを案内した宇田川さんは、『知床の考古』（知床博物館編、北海道新聞社）のなかで書いている。

〈擦文人の女性がオホーツク人の中に〝嫁入り〟したことを意味するとも考えられている〉

熊木さんはいう。

「考古学には仮説を立てる楽しみがあります。慎重さが求められますが、ときには大胆に仮説を立てることも必要です。発掘などで仮説が証明されればうれしいし、逆に覆ってしまったときにはへこみます（笑）。しかし、仮説の立て方が適切だったら、非難されることはありません」

熊木さんはよくサハリンの発掘研究もしている。もっとも、サハリンと日本ではオホーツク文化に関して、かなりの温度差があるようだ。

「サハリンの考古学者のなかには、この地域の歴史はロシア極東の中世史としてとらえるべきで、『オホーツク文化』という概念には実体がない、とする意見もあります。ただ、日本では大陸と北海道の狭間に展開した独自の文化と考えられてきて、私も、大陸との交流を発展させた重要な人々だったと考えています」

いったいどれだけのオホーツク人たちが北海道にいたのだろうか。

「大きな住居だと二十人ぐらいの人々が住んでいたとして、常呂にはそれが同時に七軒くらいありましたから、だいたい百五十人。北海道には礼文島、利尻島、枝幸町の目梨泊、網走のモヨロ、知床のウトロ、根室など、ほかにもいくつも拠点があったので、最低でも二千人くらいはいたと思います。あくまで仮説というか、推測ですけれど」

と、熊木さんは笑顔で答えた。

どんな言葉を話していたのか、擦文人など他民族とはどう戦い、どう仲良くなったのか、夢想は尽きない。

〈私どもの血のなかに、微量ながらも、北海の海獣狩人《かりゅうど》の血がまじっていることを知っただけで、豊かな思いを持った。

旅の目的は、それだけでも果《は》たせた〉

と、司馬さんはこの『街道』をしめくくっている。

◇　◇

知床の取材を終えて網走に泊まり、それから札幌へと戻った。

司馬さんは満足そうだった。帰り際に網走湖で念願のアザラシを見ることができたからである。凍った湖面でじっとしているゴマフアザラシ二頭を司馬さんがうれしそうに見ていると、ＮＨＫの地元のカメラマンが近づいてきた。

アザラシは網走の冬の風物詩なのである。相変わらずゴム長の司馬さんにカメラマンが質問した。

「どちらから来たんですか」

間髪入れずに答えた。

「稚内から来ました」

その日のＮＨＫのローカルニュースには、「オホーツク人」になりきった司馬さんが登場したのである。

龍馬たちの脱藩「檮原《ゆすはら》街道」の世界

「坂龍飛騰《ばんりようひとう》」の時代　檮原で十津川を思う

高知育ちの坂本龍馬（一八三六〜六七）は天下に飛躍するため、檮原を越えて伊予（愛媛県）へ抜ける。

司馬さんはその章のタイトルを、「坂龍飛騰《ばんりようひとう》」と付けている。

ぱっとしない青年時代を送っていた龍馬だったが、大物感を漂わせていたようだ。

「坂龍飛騰」という言葉は、二十歳も年上の先輩が、龍馬が剣術修行に向かったことを喜び、日記に書き記した言葉である。さらには脱藩が成功したとき、盟友の武市半平太《たけちはんぺいた》は詩をよみ、末尾に記した。

「偏ニ龍名ニ恥ヂズ」

愛され、期待されている龍馬がうかぶ。

龍馬だけでなく、土佐の若者たちが国を抜けることを檮原の人々は支援した。その雰囲気は、やはり司馬さんが好きだった奈良の十津川に似ている。同じように山に囲まれ、厳しい自然のなかで暮らす人々の心は優しい。そして、どちらも幕末には中央政権に抗う若者が群がり出た。しかし多くは志半ばで散り、革命の果実を得ることはなかった。さらにはそれを恨むこともない。そんな風土だからこそ、司馬さんは訪ねてみたくなる。千枚田をわたる風に吹かれつつ、司馬さんの道をたどった。

龍馬の危険な魅力

『竜馬がゆく』『夏草《なつくさ》の賦《ふ》』『功名が辻』など、司馬さんには高知県を題材にした小説が多い。その司馬さんにしても、なかなか行く縁がなかった土地がある。高知市内から西へ約八〇キロ、愛媛との県境にある高岡郡檮原町だった。

〈――ユスハラは、土佐のチベットやきに。

などといわれた。

まことに気になる土地で、二十余年来、そこへゆきたいと思いつつ、果たさなかった〉（「檮原街道」『街道をゆく27因幡・伯耆のみち、檮原街道』以下同）

檮原町の人口は約三千七百。町のパンフレットには、

「雲の上の町」

とある。全体の面積の九一パーセントを森林が占め、四万十《しまんと》川の源流が流れる。夏はアユがとれ、冬は雪で閉ざされる。標高差が一二〇〇メートル以上もあり、平野部が少ないために造られた棚田の「千枚田」、千百余年前から続く「津野山神楽《かぐら》」でも知られ

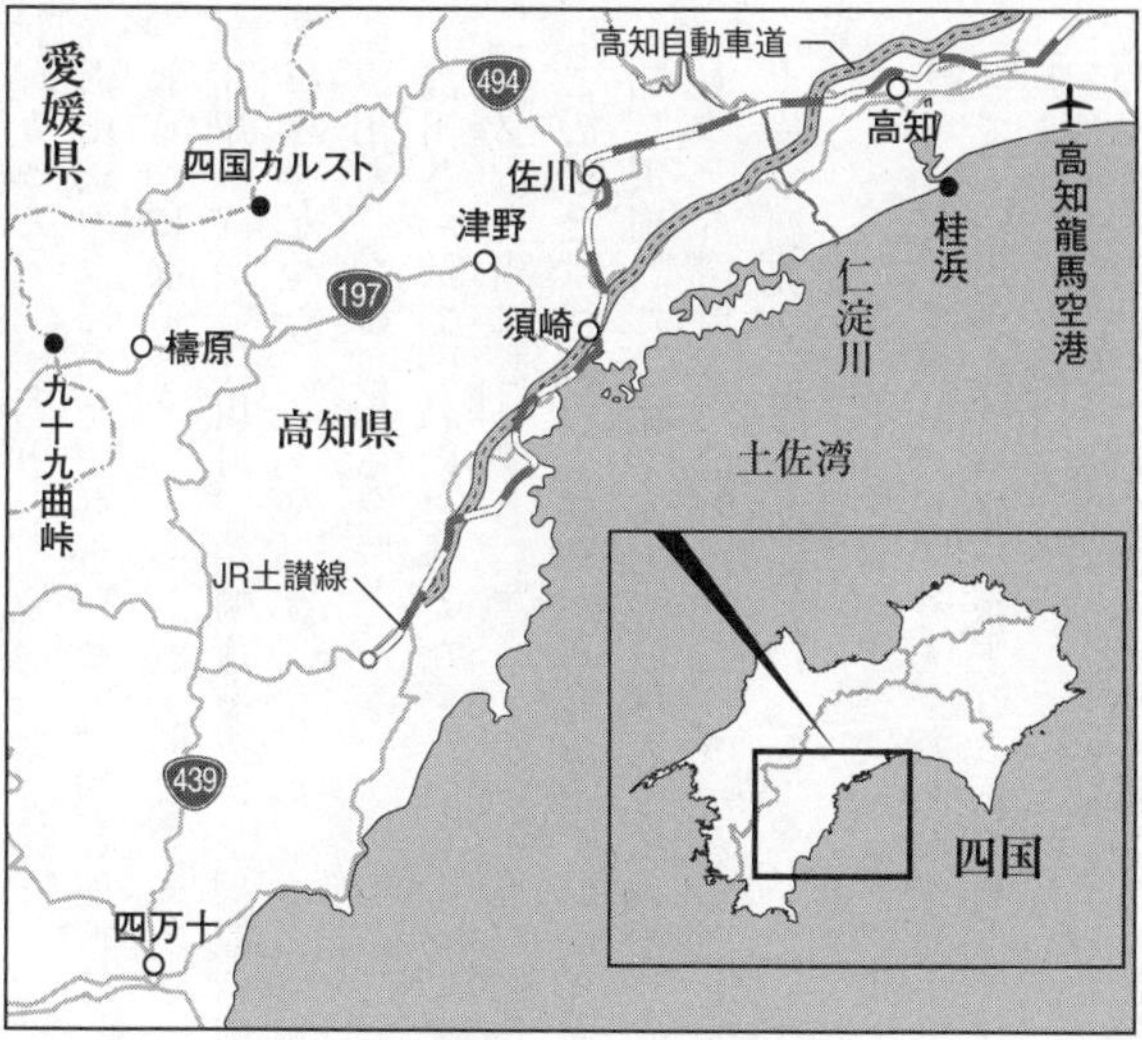

る。
町の歴史には坂本龍馬（一八三六～六七）が登場する。文久二（一八六二）年三月、龍馬は友人の沢村惣《そう》之丞《のじょう》とともに土佐藩を脱藩するが、この村に一泊して時勢を語り合っている。龍馬ファンにとっては檮原は〝聖地〟のひとつでもある。
そんな「檮原街道」の取材の旅に出たのは一九八五（昭和六十）年十月。
ちょうど龍馬の生誕百五十年にあたる年だった。高知空港で待っていてくれたのは古くからの友人の沢田常則さん。司馬さんと同年ながら、戦車第一連隊第五中隊では後輩にあたる。司馬さんの沢田さんへの信頼は厚かった。

〈沢田氏の車にのせてもらうと、人柄と運転のしかたの篤実さのおかげで気分までものやわらかになる〉

高知市内から佐川町、須崎市を抜けて檮原に向かった。途中、須崎市のドライブインで昼食をとった。

「沢田君、なに食べる?」

沢田さんはていねいに答えた。

「幕ノ内弁当にしますきに」

〈このひとは律義《りちぎ》な上に徳があるから、いかにも幕ノ内弁当に似合う。(略)沢田君にさえ学んでいれば人生に大禍というものはない〉

もっとも司馬さんは沢田さんにさからい、トンカツを頼んだ。

〈土佐や鹿児島の豚は餌料がいいからうまいと言われていたのだが、いまはどうだろう〉

と不満そうに書いているから、微妙に失敗したらしい。

さて、司馬さんは檮原を旅するにあたり、サブタイトルに「脱藩のみち」と付けるつもりだった。

〈なにやらたけだけしすぎると思い直して「檮原街道」ということにしたのだが、しか

しこの道をゆく気分は前者の小見出しに近い〉

脱藩するとき、檮原を通って伊予（愛媛県）に国抜けした。脱藩は重大な犯罪だが、檮原の人たちは見て見ぬふりをしたらしい。

〈檮原の人情も言葉づかいもしっとりしていて、むしろ県の平野地方よりも上品な感じもうける〉

脱藩する武士のほとんどは身分の低い侍たちだった。土佐藩は上士と下士の対立が激しく、下士たちの間でも微妙な身分差があった。そんな彼らが関所を抜けて、伊予へ出たときにいいかわしたという。

「これからは、オラ・オマン（おれ・おまえ）でいこう」

〈この申しあわせほど、土佐人の自由と平等へのあこがれを感動的にあらわしたことがらはない〉

司馬さんの檮原への思いが伝わり、それはさらに龍馬の不思議な魅力にも重なる。

「高知県立坂本龍馬記念館」主任学芸員の三浦夏樹さん（四一）はいう。

「龍馬の魅力は、身分にかかわりなく『オラ・オマン』の関係性になれることでしょうね。たとえば土佐藩の参政だった後藤象二郎とも、龍馬はかなり気が合っていた。後藤もいっしょに海援隊に入りたかったのではないかと思わせるほどです。後藤が行くはずの福井に龍馬を派遣したのもよくわかりますね」

司馬さんの旅から三十年後、ちょうど龍馬記念館では特別展示「龍馬の新国家構想が明らかに」を開催していた。ゴールデンウイークの目玉となった企画で、人気を集めたのは「新発見の龍馬の手紙」。後藤の代わりに福井に行った龍馬の報告の草稿である。

「NHKの番組が東京の谷中《やなか》で街頭インタビューをして見つけたものです。真贋《しんがん》を確かめてほしいといわれ、九割九分偽物と思っていました。ところがひと目で龍馬のものとわかった。文字が龍馬独特のもので、本人しか書けない内容です。所有者の女性の方も、『この手紙は世に出たがっていたんじゃないか』とおっしゃっていましたが、これほどいい手紙はちょっとないと思います」

NHKの「突撃!アッとホーム」という番組が、家族の宝物を発掘する企画でたまたま発見し、二〇一四年四月、各紙各局で大きく報道された。街頭インタビューを担当した、お笑いコンビ「バイきんぐ」のお手柄である。番組ではこの手紙、「千五百万円」の価値があると鑑定されている。

「その値段なら買い手はあるでしょうね。最近の龍馬の手紙の値段の上がり方は半端ではありません。大久保(利通)や桂(小五郎)などは何点かまとめて百万程度で売られているので、けた違いですね」

すでに薩長同盟が成立し、大政奉還も決まっていた。新政府準備のためには、福井藩の松平春嶽《しゅんがく》を引っ張り出す必要があると、龍馬と後藤は考えていたらしい。徳川氏をあくまで武力討伐したいと考えていた薩摩に対抗するため、土佐の山内容堂《ようどう》と春嶽の連携を模索していたようだ。

「手紙には『（春嶽公は）多忙なのでお目にかかれなかった』と書いています。龍馬は十一月五日に帰京していますから、手紙を書いたのは六日か七日あたりですね」

約一週間後の十五日には近江屋で暗殺された。幕末をスリリングに駆け巡る、龍馬の息吹が聞こえてくる。

それにしても龍馬の手紙は魅力にあふれている。喜怒哀楽が素直につづられ、書き方にも特徴がある。

「龍馬は紙いっぱいにぎっしりと文字を書き込み、行間や上下の余白が少ないのが特徴です。大きな文字で書く人はおおらかな人物、細かい字で書けば神経が細やかな方といわれますが、龍馬の場合は紙の分量によって文字の大きさも使い分けます」

新発見の手紙は真面目だが、ほかの手紙は自在に内容や文体を変えている。もっとも熱心に手紙を出した姉の乙女には、わかりやすく平仮名や方言まで使っている。

「長府藩士の親友、三吉慎蔵への手紙なんかもおもしろいですね。『何も別ニ中上事なし』で始まる手紙があるんです。それなら書かなきゃいいのに、実は亀山社中の解散という重要事項について書いています。社中が危機的状況でもみんながついてきてくれることに感激し、三吉にそれを伝えたかったようです」

記念館には多くの手紙が常設展示されていて、兄の権平らに宛てた手紙も展示されていた。「天下の人物」と評して九人を挙げている。

西郷隆盛や桂小五郎のほか、薩摩の小松帯刀《たてわき》、長州の高杉晋作、師匠の勝海舟、幕府にあって龍馬の理解者でもあった大久保一翁《いちおう》、明治後に財政を任された越前の三岡八郎(由利公正《ゆりきみまさ》)、長谷部勘右衛門、さらには熊本藩士の横井小楠《しょうなん》の名前もあった。

「龍馬のすごさは幕府側も討幕側も中間派もあらゆるところから一流の人物を選んでいるところです。その人脈と、人物を見抜く眼力はすごいというほかありません」

司馬さんは「檮原街道」を旅する二カ月前の八月、高知県立県民文化ホールでの講演会に出席、龍馬の魅力を語っている。自宅蟄居《ちっきょ》させられていた横井小楠を、龍馬が訪ねた話になった。小楠は龍馬の帰りぎわ、

「好漢、惜しむらくは乱臣賊子《らんしんぞくし》になるなかれ」

と、玄関先でいったという。

〈好漢、ナイスガイのことですね。私は、竜馬という人は本当にアメリカ的なナイスガイだと思っています。

そのナイスガイに乱臣賊子になるなと言う〉(「時代を超えた竜馬の魅力」『司馬遼太郎全講演3』以下同)

革命家は本質的に乱臣賊子だが、大義名分がある。西郷でも桂でも乱臣賊子といわれ

ることはない。

小楠は「実学」の重要性を訴えた論客で、藩内では孤立していた。司馬さんによれば「非常の時代の人」であり、当時は危険思想の持ち主だと世間からは考えられていた。

そんな小楠だからこそ、短い面会で龍馬の本質を見抜いたのだろうと、司馬さんは語る。

〈この男は単なる革命家ではないと。竜馬の思想というものは、倒幕とか攘夷とか、そういった世界を突き抜けていた。それが小楠にわかり、小楠ですら危険を感じたのでしょう。竜馬の本質がここにあります〉

司馬さんは龍馬を「散文家に属する」とし、文字についても、「書簡の達人」（『坂本龍馬全集』光風社出版）という文章に書いている。

〈龍馬は、書もいい。書というのは型があるために、よほどの天才以外は型の奴隷たらざるをえないところがあるものだが、龍馬はその点でも文字に堂々たる自我をもっていて、しかもその自我を芸術化することをごく自然におこなっている〉

愛嬌《あいきょう》があり、何ものにもとらわれない、危険な天才がいた。

千枚田《せんまいだ》の興奮

「檮原街道」の旅の友は高知在住の旧友、沢田常則さん。司馬さんと初めて会ったのは満州（現・中国東北部）だった。戦車第一連隊第五中隊では司馬さんが上官。沢田さんに思い出を聞いたことがある。

「司馬さんはうんと高知好きで、私が高知の出身者だから中隊のなかでも仲良くしてもらいました。『アンタの顔は、どうも長宗我部《ちようそがべ》の顔じゃあ、長宗我部侍や』いうてね（笑）」

さすが司馬さん、長宗我部好きも筋金入りである。

ただし、司馬さんは戦車の運転が下手だったようだ。後年、戦車が苦手だったみたいですねと、担当記者たちがからかったとき、

「クラッチが自動車よりずっと難しいんだ。君らは絶対できないよ」

と、口をとんがらせていたこともある。沢田さんもいっていた。

「司馬さんは苦労されてましたな。私は優良ドライバーでした。帰ってきてから今まで、

乗用車のほうもゴールド免許です。つまり満州以来、ずっと無事故無違反です（笑）」

そんな交友があって、「檮原街道」は生まれている。満州から四十年以上が過ぎた一九八五（昭和六十）年十月、〝部下〟の沢田さんに運転をまかせ、司馬さんは秋の高知路を西へ向かった。途中の佐川町では、ウナギを食べている。

〈屋号が大正軒で、なにやら井伏鱒二氏の作品に登場してきそうな店がまえだった〉（「檮原街道」以下同）

佐川にはウナギが多いのかと、司馬さんが聞いている。司馬さんはウナギ好きで、ちょっと関心もあったらしい。沢田さんが答える。

「うんと居ちょります」

絶滅危惧種のニホンウナギが、まだ豊富な時代の話である。

「日本昔ばなし」のような会話を繰り広げつつ、司馬さんと沢田さんのドライブはつづく。いくつかのトンネルの暗がりを抜けて檮原町に入り、「風早トンネル」が近づいたとき、司馬さんは苦笑する。

〈そのトンネルの前に、数人の人影が立っていた。しまった、とおもった。中越《なかごし》（準一）町長さんらである〉

町の中心部まで五分ほどの、山間《やまあい》にある国道わきで、そこに町のお歴々が待ち構えていた。

「沢田君、なんだ、言ったの」

「そら、仕方ありますまい」

熱烈歓迎は苦手な司馬さんだが、檮原町の中越町長とは二カ月ほど前に顔合わせをしている。高知で開かれた戦友会に、ずいぶん年下の中越町長も〝参加〟していた。

〈沢田氏の好意あるはからいで、かれはむかしから私が酔うと檮原の話をするので、町長さんが来高《らいこう》しているのを幸い、このようにはからってくれたらしい〉

その夜以来、中越町長は司馬さんの檮原入りを待ち焦がれていたようだ。沢田さんから知らせを受け、たまらずトンネル前にいたのである。

すぐに一行は司馬さん念願の千枚田のある「神在居《かんざいこ》地区」を見わたす高台へ行った。

〈千年来、檮原の山々にきざみつけてきた先人の営みは、この田が証《あか》している〉

山肌に小さな田を階段状に築き上げた棚田のことを「千枚田」という。全国にあるが、この時代にその数は減少していた。山間部の檮原では「千枚田」が残っていると聞き、司馬さんは楽しみにしていた。稲刈りあとの十月の黄昏《たそがれ》どきだった。

〈無数の横縞《よこじま》にきざみこまれた千枚田の斜面は、薄墨をかけたように全体が暗くなっていた。そのくせ、田の頂きばかりは、残りの陽の光が滴《したた》って、秋のこがねにかがやいている〉

すぐ目の前では、プラチナ色に光るすすきが揺れていた。

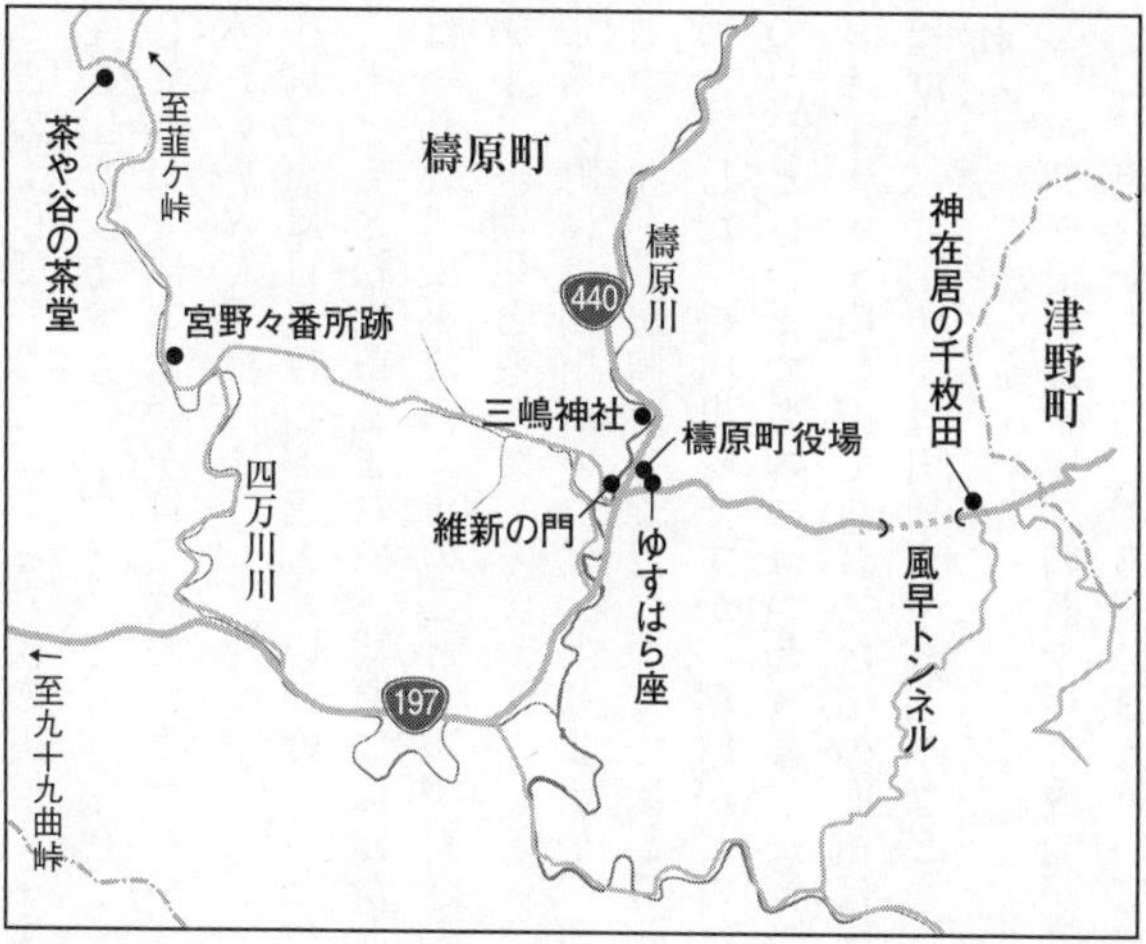

〈すべては黄昏の光と翳《かげ》がつくっている色調なのだが、光悦《こうえつ》の金蒔絵《まきえ》を見るように豪華だった〉

高台から見終えた司馬さんの感動については、「余談の余談」（二一八ページ）をご覧いただきたい。

それから約三十年。司馬さんが立った高台には、立て看板があった。

「『耕して天に至る』という言葉がぴったりの棚田である。（略）文豪司馬遼太郎先生が『中国の万里の長城よりもすばらしい』と自慢したという逸話もある」

と、話がだんだん大きくなっているのはご愛嬌か。

あぜ道の木陰で、休んでいる男性がいた。話を伺うことになっていた田村俊夫さん（五三）だった。

「この土日で、ここにある六枚の田植えをすませないといけない。本当は集落の地主さんの田なんですが、『わしゃもうできん』とおっしゃるので私がやってます。秋に収穫しても、一俵（六〇キロ）はとれませんが、おいしいですよ。やっぱりここは沢の湧き水がいいんです」

真っ黒に日焼けし、腕も太い。野良着《のらぎ》と長靴も似合うが、本業は広告マンである。

もともと松山市生まれで、檮原には縁がない。神在居の千枚田で働くようになったのは一九九二（平成四）年のことで、田村さんは全国にさきがけて町が始めた「棚田オーナー」一期生となっている。

「檮原町には棚田がいっぱいありますが、司馬さんがここへ来て絶賛してくれたおかげです。なんとか棚田を維持しなくてはと町が始め、朝日新聞の記事で募集を知り、飛びつきました。松山出身ですが、檮原がどこにあるのかも知らなかった。何の相談もなかったねと、いまでも嫁にはいわれます（笑）」

オーナー一組に充てられる水田の面積は約一〇〇平方メートル。米の収穫は四〇キロ程度で、オーナーは田植えや稲刈りなどを行い、田の世話の大部分は担当農家がしてくれる。

「一年契約で四万十円。四万十川の源流が町を流れているということでついた値段です（笑）。定員十六人のところ、二百人近い応募があった。私が当時三十一歳で最年少、当選者はほとんど関西の人でした」

田村さんも当時は大阪で働いていた。車で片道十時間、月に一回のペースで通ったという。

「お医者さん二人と、印刷会社の社長のグループが、いつも親子連れで大阪から来ていました。その人たちの車がＢＭＷとランドクルーザー、シーマという高級車。神在居の人たち、目が点になっていました」

ほぼ無農薬で育てる米は、稲刈り後に稲架かけして天日干しをする。

田村さんはすっかり棚田米に魅せられたが、二年連続でオーナーになった人はほとんどいなかった。

さらに田村さんは三年目の九四年、故郷の松山市にＵターンし、ますます本腰を入れた。広告制作会社を開業し、二〇〇一（平成十三）年にはとうとう神在居に家を建てている。

「檮原ってつくづく不思議な土地だと思います。檮原ではＦＭ愛媛を聴いている人が結構多い。生活と文化は高知と愛媛が融合しています。話し言葉は土佐弁ですが、考え方などは愛媛の人間に近い気がします。そうしたところも私には居心地がいいのかもしれませんね」

もっとも棚田オーナーから定住にいたったのは田村一家だけだ。

「私がここに住めたのは、人と人とのつながりが大きいですね。『兄弟のようやねえ』といわれる友人もできました。『檮原龍馬会』の事務局長にもなって、『龍馬伝』のあった四年前からは龍馬の格好をしてボランティアガイドもしています」

現在、神在居に住んでいるのは十三戸。その多くが高齢者で、棚田の維持も年々難しくなってきている。

「棚田を近くで見ると石積みもいたるところで傷みが出て、どうするかが目下の課題です。高齢化が進んでいるので、農家が自分で積み直すのは難しく、機械による作業に頼らざるを得ないのかもしれません。この石を積んだ先人は相当な土木技術を持っていたと思いますね」

司馬さんは檮原を念頭に、「土と石と木の詩」(一九八六年)という文章を書いている。

〈人類は、そのながい歴史を通じ、コトバを超えた詩を語りつづけてきた〉

司馬さんのいう詩とは、石と木でつくられた土木のこと。

〈私は、さらに、日本における水田築造においても、痛いばかりの詩を感じてしまう〉

〈かれらは、千年、数百年のあいだ、日夜語りつづけ、ときに聴く人を得るとき、はげしくよろこぶのである〉

神在居の千枚田は〝聴く人〟をいつまで持てるだろうか。

命を懸けた「道楽」

『竜馬がゆく』には「脱藩」という章がある。

〈この国の北には、四国山脈の峻嶮《しゅんけん》が、東西に走っている。国外に出るのはすべてその山越えになるが、街道には、関所、人の目があって、民家にさえ、とまれない。村役人に通報されるからである〉

そこで間道を走ることになる。

坂本龍馬（一八三六〜六七）は文久二（一八六二）年三月二十四日、友人の沢村惣之丞とともに高知城下を去っている。

脱藩ルートには諸説あるが、西にある檮原（高知県檮原町）に行き、北上して韮《にら》ケ峠《とうげ》を抜ける道が有力視されている。トンネルで山をくりぬいた現代の道でも約一五〇キロある。山越えの幕末当時はさらに大変だったろう。二十五日に檮原の那須信吾宅に泊まり、二十七日に長浜（愛媛県大洲《おおず》市）に着いたとされる。檮原には一泊しただけのようだ。

されている。

「檮原街道」では、那須宅で奉公をしていた、十八歳の久代という娘の思い出話が紹介

「坂本竜馬という人とほかに一人が那須家に泊まられた。一晩じゅう酒を飲み、そのお酌をさせられた。大変はずかしかった」

久代さんはどきどきしたようだ。

〈「大変はずかしかった」

という感想は、さまざまに情景を想像させる。竜馬はおそらく娘っ子の目からみても、好漢だったのであろう〉（「檮原街道」以下同）

いまも龍馬には男も女も惚《ほ》れている。この檮原の「脱藩の道」を訪れる人は多く、なかでも聖地となっているのが愛媛との県境にある「韮ケ峠」（標高九七〇メートル）だろう。

この峠を折り返し点にした「龍馬脱藩マラソン大会」が毎年十月に開かれる。出発兼ゴール地点の檮原町役場との標高差は約五五〇メートルにもなる。四二・一九五キロの部と、ハーフの部、一〇キロの部を加えて二〇一三年の出走者は千二百六十八人。三年連続でフルマラソンを完走した「檮原龍馬会」会長の西村義幸さん（四九）はいう。

「韮ケ峠で龍馬は土佐人から日本人になった。韮ケ峠までのラスト四〇〇メートルはほんまの山道です。そこを登って走るのが醍醐味《だいごみ》ですね」

・西村さんは自らにハンディを課して走っている。龍馬のように紋付《もんつ》き羽織袴《はおりはかま》姿で走り、一三年からは龍馬の「お面」というか「かぶりもの」を被るようになった。顔よりひと回り大きく、額は広く、あごが長い感じ。

「どこから見ても龍馬さんでしょう。呼吸も十分できますわ」

と、西村さんはご満悦。ただし、かぶりものの龍馬はサングラスをかけているため、井上陽水のようにも見える。

西村さんは従業員三十名の（株）四万川《しまがわ》総合建設の社長さん。着ていたライトブルーのTシャツの背中には書いてある。

「人生　山あり谷ありぜよ　けんど　てっぺん登るぜよ！」

龍馬やマラソンに関心をもたせてくれたのは長男だった。

「息子が小学六年のとき、龍馬の格好をして脱藩の道を歩いたんです。高知市内から長浜まで三日ずつ、九日間かけてです。このイベントのときに『全国龍馬社中』の橋本邦《くに》健《たけ》会長を知り、『檮原龍馬会』を立ち上げることになりました」

長男は山梨学院大学の陸上部の駅伝ランナーに成長、西村さんも龍馬とマラソンにハマった。

いまは全国に羽織袴の龍馬姿で出没する。一四年の五月には長崎市の風頭《かざがしら》公園で龍馬像「建立二十五周年」の記念式典があったが、そこにも龍馬のかぶりもの姿があった。

「長男が大学を見学するときは横浜の龍馬会の会長さんが空港まで迎えにきてくれ、部屋探しは山梨の龍馬会の人が手伝ってくれました。もちろん檮原ではたっぷりお返ししています。龍馬もそんな出会いが多かったんじゃないかな」

龍馬がとりもつ「おもてなし」の世界なのだろう。おもてなしといえば、檮原町には集落ごとに「茶堂《ちゃどう》」がある。

いまもいくつか残っていて、屋根は萱《かや》ぶき、東屋のような六畳一間ほどの板張り。三方は吹きさらしで一面の壁に神棚のようなものがあり、木彫りの弘法大師や道祖神などが祀られている。

行商人やお遍路《へんろ》など、外から来た旅人にお茶をいれてもてなすところで、西村さんにも小学一年生のころの夏休みの思い出がある。

「近くの茶堂でお茶番をしてました。ばあちゃんといっしょにお茶とお菓子を持っていき、一日じゅう茶堂で番をして、お客さんを待ちます。客人《まろうど》信仰で、檮原以外から来る人は福をもっているとされたんですね。その一方で茶堂があちこちにあったのは見張りの要素もあったようです。詐欺師のような怪しい奴が来れば、『変なヤツが来たぞ』と、すぐに連絡が回ったでしょう」

司馬さんも「檮原街道」の取材（一九八五年）で茶堂を見ている。

折口信夫の『客人神《まれびとがみ》』の信仰を引き合いに出し、司馬さんは書いている。

〈古代、この世に幸福をもたらす霊物は、他からやってくるとされていた。他とは、理想的にいえば、海のかなたの異郷である。幸福の神は、そこからくる〉

檮原の「客人神」は土佐からではなく、山を越えた伊予から来た場合が多いようだ。いまも毎年八月、接待のお供えをつづける「茶や谷の茶堂」がある。

茶堂の壁には、集落二十三人の名前が接待順に書き出されていた。茶や谷にすむ鎌倉安弘さん（八二）はかつて町議会議員をつとめ、いまは檮原史談会会員になっている。

「こんな情報のない山奥でなぜ勤王の志士が十人も出て脱藩し、倒幕活動をしたのかを不思議がりゅう人がいます。しかし、伊予からなんぼでも情報は入り、人も入ってきた。檮原をかつて支配していた津野氏も伊予から来ました」

平安時代に津野家が入国し、一三年でちょうど千百年。檮原一帯は津野《つの》山《やま》郷と呼ばれた。二十二代つづき、長宗我部元親《もとちか》が養子入りさせた二十三代目の親忠《ちかただ》で絶えている。

「津野公はもともと、伊予松山の河野氏に保護され、檮原に入国してますね。松山とはもともと密接な関係があり、その情報が入ってくる場所が茶堂でした。お遍路さんにいろんな話を聞いたり、病気に効く薬草についてなどを教えてもらうため、必要不可欠だった。接待のためだけに茶堂を建てるほどここは豊かではありません。地主へ三分の二もの年貢を払うてましたから」

情報のない時代、茶堂がアンテナとなっていたようだ。

「昔の茶番は朝から日暮れまでおって、お遍路さんや行商に一日挨拶しよりました。八月なので煮物はすぐに腐るから、梅干しや漬物、酢漬けを出した。茶堂で泊まる人もあったね。お遍路さんは見るからに大変そうで、子どもの時分にいたずらしたら、『遍路にやるぞ』というて叱られたもんじゃが」

檮原町の中心部には「維新の門（群像）」と名づけた八人の銅像がある。

まず龍馬と沢村、そして脱藩後に天誅《てんちゅう》組を結成した吉村虎（寅）太郎、龍馬を泊めた那須父子。

やはり脱藩した前田繁馬《しげま》、中平龍之助《なかひらりゅうのすけ》、そして藩にとどまり彼らの脱藩を助けた掛橋《かけはし》和泉《いずみ》。八人全員が「脱藩の道」の北を向き、その先の「維新」を見つめている。

〈檮原は、檮原という独立気分のある小天地だったのである。

このため、中央に興ってきている反封建主義的な思想気分に、幕末の檮原人たちはすぐなじんだ〉

檮原の関所番の郷士たちは脱藩者を見ても見ぬふりをしたという。

一〇年のNHK大河ドラマ「龍馬伝」の放送当時は、檮原を訪ねる人が多く、「維新の門」は必須ポイントのひとつだった。「檮原龍馬会」の一人がいっていた。

「みんな大河ドラマ見すぎ。銅像見て、福山雅治（龍馬）や要潤（沢村）に似てないとかいってたね」

いかにも平和な話だが、銅像の八人は明治を迎えることはなく、非業に死んだ。なかでも龍馬を泊めた那須父子はすさまじい。

養子の信吾は吉田東洋を暗殺後に脱藩し、天誅組で戦死する。父の俊平は息子の後を追うように二年後に脱藩し、五十八歳にして蛤御門《はまぐりごもん》の変で戦死している。

〈残されたのは、俊平の娘で信吾の妻の為代である。私は為代のその後について調べたことがないが、男どもの道楽の犠牲になったひとというほかない〉

道楽と言い切る司馬さんもすごい。

振り向けば「中越さん」

『街道をゆく』の旅で町長や市長が活躍することはほとんどない。ただし「檮原街道」（一九八五年）の場合、司馬さんは早々に抵抗をあきらめたようだ。

なにしろ中越準一町長は町境のトンネルの前で待ち構えているぐらいで、公務そっちのけだったようである。司馬さんのツボを心得ている人で、棚田「千枚田」の風景で感動させたあとも、次のサプライズを用意していた。見事な美しい鎮守の森に囲まれた三嶋神社を見つけ、司馬さんが行こうとすると、

「どうせ夜行きますよ」

と、町長はそっけなくいう。

〈「どうしてです」

私は、気ままだから、そういう意味での自由をうしないたくない。

「神楽をやります」

現金にも、笑顔になってしまった〉（「檮原街道」以下同）

「夜神楽」は紺色の闇につつまれた薄暮に始まる。四万十川の上流、檮原川に架けた長い橋を渡ると、巨木が天を衝く杉木立の森があった。

〈神は古代にあっては社殿をもたず、杜《もり》そのものが神の天降《あも》るところとされた。いかにも神が天降ってきそうな森だった〉

三嶋神社の拝殿に入ると、中央には四本柱が立ち、その内側が舞台になっている。舞台を囲むようにテーブルがコの字形に並べられ、ビールやお銚子、土佐名物の皿鉢《さわち》料理がてんこ盛りだった。

〈どうも、まずいことになったな〉

と、すくんでいると、町長さんが、どうぞ、とうむを言わさず腰をおろさせてしまった〉

大きな里芋の田楽をほおばっているうちに、神楽が始まる。最初は「幣舞《へいまい》」という二人舞だった。

〈まことに高雅なもので、能をおもわせた。

太鼓、小囃子《おはやし》など、夜の神域によくひびき、演目がすすむうち、宙空で神遊《かみあそ》びの仲間に入っているような気分になってきた〉

やがて一人舞に変わる。

〈すさまじい鬼面をかぶって、さまざまに所作をし、喜怒哀楽をはげしく表現する舞で、

神楽としては他に見ないものであった〉

　中越町長が隣に来てささやいた。

「これは『山探し』という舞で、大切なものです」

鉱山やたたら師の神は「金屋《かなや》の神」とか「金山《かなやま》彦」などと呼ばれるが、鬼面の者はその使い神という。宮崎駿監督の「もののけ姫」の世界のようでもある。山に入って宝剣を探すのが本来の筋だが、この鬼面の使い神は「鉱山をさがしているのです」と、町長は司馬さんに説明している。宝剣も鉱山も「お宝」には違いない。

〈神話の舞もおもしろかったが、このヤマサガシというのは人間の欲望が主題になっているだけに、なまなましくもあり、迫力もあって、気圧《けお》される思いがした〉

神楽は千百余年の歴史があり、「津野山神楽」と呼ばれる。いったん途絶えかけたが、復興に尽力したのも中越町長らだった。

一九四八（昭和二十三）年に「津野山神楽保存会」を設立。唯一の伝承者の神職に教えを請い、町長も第一期生となっている。この日も司馬さんにいろいろ説明しつつ、自らも大太鼓の演者をつとめた。

　さて、約三十年後に訪ねた筆者らも、津野山神楽に出合う機会に恵まれた。

基本的には秋祭りに奉納されるものだが、二〇一四年五月に友好都市の兵庫県西宮市との交流公演があり、津野山神楽も披露された。

昭和二十三年築の「ゆすはら座」に多くの観客が集まっていた。一階には花道、二階には桟敷《さじき》席、格天井《ごうてんじょう》の木目が美しい芝居小屋である。

演目は司馬さんが見たのと同じ「山探し」だった。

大太鼓、小太鼓、摺鉦《すりがね》、笛の四人が奏でるリズムが幻想的な世界にいざない、般若《はんにゃ》の面をつけた神が髪を振り乱して踊り舞い、宝剣を見つけ出そうとする。

舞はさらに激しくなり、「歓喜の舞」へと向かっていく。

次の演目「折敷《おりしき》」は打って変わってひょうきんな感じ。平盆を手のひらにのせた「舞太夫」が、体をくるくる回転させる。二枚の平盆がまるで両掌に張り付いているかのように、左右に回り、前後に転がる。一度だけ失敗し、盆が床板の上に音を立てて落ち、客席から笑いが起こった。苦笑して再チャレンジ。ここからさらに回転数が増した感じで、喝采を浴びていた。両方の舞で三十分ほどだったが、あっという間に終了した。ダイナミックで緊迫感があり、あとあとまで余韻が残った。

「折敷」を舞った第七期生にあたる中越《なかごし》浩一さん（四七）はいう。

「ぐるぐる回ってばかりでしょ。慣れんころは気持ち悪うなりました。右に回ったら左に回るというように、舞い戻しする形になっています。最初のころ一度も落とさずに舞うと『あれは細工しゆうがぞ』とお客さんの声が聞こえたがです。まあ、わざと落としたかどうかは、ご想像にお任せします（笑）」

牛若丸のようなスリムな中越浩一さんの隣に弁慶のような人がいて、中越《なかごえ》誠さん（五三）。保存会の第六期生であり、この日は大太鼓を担当した。司馬さんが来た夜も小太鼓をたたいていたという。

「定かには覚えてないがやです」

と、頭をかきつついう。

それにしても檮原町は「中越さん」だらけである。「檮原街道」でも中越町長のほかに、司馬さんの道案内をした県庁マンの「中越君」が登場している。高知では中越という姓だけで檮原人であることがわかるという。

ちなみに檮原町の電話帳で数えてみると「中越」姓は二百十七あった。人口約三千七百の町では大勢力だろう。ただし、読みには「ナカゴシ」と「ナカゴエ」の二通りがあり、前者が主流派だという。

保存会の事務局長で、この日は神歌を担当した、第五期生の川上寿久さん（六一）が解説してくれた。

「もともと町長もナカゴエやったと思いますが、『発祥はナカゴシ』とのことで、統一してナカゴシにしようと町長がいいだしました。浩一のように素直な家は住民票をナカゴシに変え、誠みたいに不真面目じゃったのはナカゴエのまま残っているんです（笑）」

中越町長は五期二十年、町長職にあった。「千枚田オーナー制度」や坂本龍馬の「脱藩の道」を世に広めるなど、強力なリーダーシップで町を引っ張った。川上さんは役場勤めで、町長を間近で見てきた。

「とにかく二番煎じはあまり好まん方で、何でも『一番やないといかん』。神楽も町のPRに生かそうとしていましたね」

津野山神楽の演目は全部で十八節ある。正式に舞いきると八時間もかかるのだという。本来は神様の前でないと演舞できない神楽であるが、年に五回ほどの町内神社での奉納だけでなく、町内外の要請に応えて年間二十五回くらい公演をこなしている。

時と場所により、柔軟に対応しているのが津野山神楽のようだ。

「鬼が満一歳未満の子どもを抱くと元気に育つという『大蛮《だいばん》』という演目もあります。毎年二十人を超える赤ちゃん連れの両親が里帰りしてくるんですよ」

一九八〇（昭和五十五）年に、津野山神楽は国の重要無形民俗文化財に指定された。いまも二十五人ほどの会員がいる。

「第一期生の方々は高齢になってしまいましたが、今年高校を卒業したばかりの十八歳の若者もいれば、女性もいます。保存会として純粋に神社で奉納するだけの神楽をやっておったら今のようには続かず、後継者も育ってなかった気がします」

「寄合酒《よりあいざけ》」の効果もある。

「私が事務局長になって、神楽が終わると必ずみんなで反省会の名目で酒を飲んでいます（笑）。楽しみは、神楽が終わった後のビールのうまさに行き着くかもわからんね。飲みながら『あそこが良かった』『ここは悪かった』と先輩後輩関係なくいい合える。それがお酒の効能です」

司馬さんも寄合酒の座に参加してうれしかったのだろう。

〈私どもは、なにやら武陵桃源《ぶりょうとうげん》のくににきたようでもあり、また三島の神にえりがみをつかまれて、五、六百年のむかしにひきすえられた思いもしないではなかった〉

龍馬をおもい、千枚田に感嘆し、神楽に酔った旅は終わる。

余談の余談③

棚田保護を動かした司馬さんの功績

山形眞功

「『この田、見ました』
私は、たれにお礼を言うという相手がないまま、町長さんに頭をさげた」（「坂龍飛騰」章）
司馬さんにこうお礼を言わしめ、書かせる「人間の構造物」がほかにあっただろうか。
高知県高岡郡檮原《ゆすはら》町神在居《かんざいこ》の千枚田を見つめる司馬さんは、なにか大きな存在に祈っているように読める。
檮原を司馬さんが行くのは、この昭和六十（一九八五）年十月が最初だが、ずっと前から檮原とその千枚田（棚田）に強い興味を持ち続け、調べていた。
「私はかつて幕末の那須信吾をしらべているときに、檮原に関心をもった」と、『街道をゆく9信州佐久平みち、潟のみち』の冒頭にあるので、すでに『竜馬がゆく』を執筆しているころからだろう。
「景観そのものが、大構造物といっていいであろう。……はかりしれぬ遠い過去から懸命の営為を遂げてきた一大記念構造物であるともいえる」と「土佐・檮原の千枚田」を書いたのは、

昭和五十（一九七五）年十一月（『古往今来』中公文庫所収）。

司馬さんが檮原を訪れて十年後の平成七（一九九五）年九月、檮原町に、棚田のある七十七市町村が集まり、第一回全国棚田サミットが催された。呼びかけ人の一人、中越準一・檮原町長は、司馬さんに「この風景を残したらどうか」と言われて棚田保護を真剣に考えるようになったという（同年九月十四日付朝日新聞）。

その四年後、「日本の棚田百選」が農水省によって選定、発表されて、より棚田が知られるようになる。平成二十一（二〇〇九）年には、神在居の千枚田を含む「四万十川流域の文化的景観　上流域の山村と棚田」が重要文化的景観に選定された。

檮原の千枚田にかぎらず、棚田が人々の労働による大構造物として自然環境とともに広く見直されていったのは、司馬さんの大きな賜物《たまもの》といえるだろう。

薩摩隼人の疾走　「肥《ひ》薩《さつ》のみち」の世界

清正と西郷

熊本市での講演（一九八七年）の冒頭、司馬さんは熊本市役所を訪ねたときの話をしている。

〈職員に薩摩の人は何人いますかと聞いたところ、

「三人います」

という答えでした。

「それは捕虜ですな」

と、大笑いになったのです〉（「細川家と肥後もっこす」『司馬遼太郎全講演３』以下同）

両者はライバルであり、仮想敵国であり続けてきた。

肥後は伝統的によく学問をする藩で知られる。藩校の時習館《じしゅうかん》は有名で、秀才が群がり出た。ただし思想に凝りがちで、やや理屈っぽいことでも有名。議論好きも原因のひとつで、大藩なのに幕末維新に乗り遅れたきらいがあった。

この点、薩摩は対照的だった。

〈薩摩は非常に単純で勁《つよ》い性格を持った藩でして、侍にあまり勉強をさせませんでした。島津さんの方針でしょうね、勉強すると弱くなると考えた〉

と、司馬さんは講演で語る。

幕末に「人斬り半次郎」の異名を取り、明治後は西南戦争（一八七七年）で西郷隆盛を道連れにした桐野利秋《きりのとしあき》の姿が浮かんでくる。

「学問があったら、天下をとっちょる」

とうそぶいていたらしい。

桐野に限らず、昔の薩摩でグダグダ理屈をこねていると、

「議《ぎ》をいうな」

と叱られ、

「チェスト！」

と、示現《じげん》流の気合が炸裂しそう。

もっとも荒っぽさでは肥後も負けてはいない。豊臣秀吉の天下統一に反抗、領主の佐々成政《さっさなりまさ》をたたき出し、切腹に追い込んだこともある。昔から文句の多い大小の豪族たちがひしめき、

「難治の地」

といわれ続けてきた。

要するに肥後モッコスに対し、鹿児島ぼっけもんである。

〈熊襲《くまそ》の国から隼人《はやと》の国へゆくのである〉（「肥薩のみち」『街道をゆく3陸奥のみち、肥薩のみちほか』以下同）

熊襲も隼人も、古代以来、中央政府をキリキリ舞いさせてきた。こうした荒ぶる「肥薩のみち」を書いていた当時、毎日新聞で『翔ぶが如く』を連載してもいた。西郷隆盛という巨人をいかに書くか、司馬さんも格闘中だったのである。

◇　◇

司馬さんの旅（一九七二年）から四十三年後、まずは熊本城を訪ねた。熊本城は西南戦争の激戦地であり、『翔ぶが如く』の重要な舞台でもある。

快晴の下、秋の「くまもとお城まつり」が開催中だった。城内はなぜかフラダンスの曲がのどかに流れ、韓国からの観光客が多かった。みやげ物屋はもちろん「くまモン」だらけである。石垣の見事さに驚いたあとは、加藤清正を祀《まつ》る加藤神社に行き、「武将みくじ」を引いた。

清正か秀吉かと意気込んでいると「藤堂高虎《とうどうたかとら》」。おみくじ曰く、

「我が女房に情《つれ》なくあたる者あり　大いに道に違《たが》いたることなり」

末吉である。

藤堂高虎といえば、司馬さんがあまり好きではなさそうな武将。徳川家康に取り入ることが上手だったが、城づくりの名人でもあった。同時代の名人としては、黒田官兵衛、そして加藤清正が有名だろう。

この熊本城をつくったのはもちろん、加藤清正（一五六二〜一六一一）だった。もともとは秀吉子飼いの勇将で、佐々成政のあと、小西行長とともに肥後を任された。

〈薩摩の島津おさえのためである。

肥薩の関係のおもしろさは、そういうあたりにもある〉

島津氏は九州制圧の一歩手前で、秀吉により薩摩・大隅・日向の三州に押し込められた。しかしなおも油断はできなかった。

〈そのエネルギーがふたたび噴出した場合、熊本城をもって巨《おお》きな石蓋《いしぶた》としておさえこんでしまうというのが、秀吉の大戦略であった〉

江戸時代もこの方針は踏襲されている。清正は関ケ原の戦い（一六〇〇年）後には約五十二万石の初代熊本藩主となった。さらに大改造を加え、熊本城をますます堅固なものとしたが、薩摩と戦うことはなかった。

その後も江戸時代は平穏にすぎ、明治になって熊本城はその威力を発揮することになる。

西南戦争で東京へ進軍を開始した薩軍の標的はまず熊本城だった。薩摩隼人たちの意

気は高く、

「熊本城といっても百姓兵のこもる孤城にすぎん。手に唾《つばき》してひねりつぶしてみせよう」

と、力攻めに攻めた。

〈薩南一万数千のエネルギーが薩肥国境をこえて噴出し、熊本城にぶちあたり、この清正の城の攻防をめぐって明治政府の存亡が賭《と》せられてしまったのである〉

しかし熊本城は薩軍の猛攻によく耐えてみせた。熊本鎮台兵が、最強といわれた薩軍を撃退してしまう。城兵たちの勇敢さも称賛に値するが、清正の城づくりの堅固さが証明された一戦でもあった。

清正について、司馬さんは冒頭の講演でこんな話をしている。

〈加藤清正がいま生きていたなら、大学の工学部に行く人かもしれません。農業土木的な、構造的な技術を導入した。工学部的な才能をフルに使って肥後に美田を残していきます〉（『司馬遼太郎全講演3』）

河川の修復、道路の整備、新田開発、城下町の建設、そして城づくりで熊本の発展の礎を築いた。

〈その後の肥後人の清正への傾倒のしかたが尋常を越えているのは、ひとつには肥後人気質に清正の人柄が適《あ》ったのかもしれない〉

と、「肥薩のみち」にもある。

息子の忠広の代になって改易、加藤家は滅びるが、その後も清正は「清正公《せいしょうこう》」として神と崇められ、人気は続いた。

熊本に村芝居があると、芝居のなかで筋に関係なく、清正らしい武将が現れ、

「さしたることはなけれども、現れいでたる清正公」

と、セリフをいうだけで拍手喝采だったという。

城郭研究家で、『熊本城を極める』（サンライズ出版）などの著書がある加藤理文《まさふみ》さん（五七）に熊本城について聞いた。

「江戸にかつて清正の藩邸があり、その跡地に彦根井伊家の藩邸が建つんですが、清正の家紋瓦が出てきます。これは清正公の瓦だといって、井伊家ではとても大事にしたと伝わりますね。武士にとって清正は尊敬され、武運にあやかりたい人であり続けた。西郷も『新政府に負けたんじゃない、清正公に負けたんだ』といっていたようで、神様になった清正公に負けたんだという思いなんでしょう。やはり清正は江戸時代を通じて、侍、庶民を問わず、スーパースターだったんだなと思います」

熊本城ほどおもしろい城はない。

「さまざまな仕掛けがあります。城の南側の下馬橋を渡り、右側に行くと、いちばん低い竹の丸から本丸へと続く通路があります。元札櫓門《やぐらもん》を入り、竹の丸五階櫓を半周する

ように、六回も直角に折れ曲がりながら登る通路で、戦国最強の通路でしょう。ここから一段上の飯田丸まで抜けようとする通路で、入り込んできた敵兵を殲滅《せんめつ》する仕掛けになっています。西南戦争で薩兵が入り込んでいたら、どれだけ威力を発揮したのかがわかったのですが、ここまで入ることすらできませんでした。とにかく本丸への関門がやたらに多く、意味不明の抜け道、階段、石段、穴、曲がり角と、熊本城は謎だらけ。私も半分程度は解説できますが、本当にどういう城だったか、百パーセントガイドできるのは加藤清正だけだと思いますね」

石垣はもちろんすごい。

「清正の石垣の積み方は、はじめはとても緩やかで、最後は垂直というか、反り返るほどです。緩やかに積み上げるほど石垣は難しい。美的にも美しいですが、構造的にも熊本城は優れています。石積みの技術をどこで学んだのかはわかりませんね」

近代戦にも通用する城をつくってしまった清正だが、黒田官兵衛と比べてみてもはるかに守りが堅い城づくりをしている。

「朝鮮出兵が大きかったのではないでしょうか。虎退治といった伝説もある清正ですが、最後は苦戦の連続でした。慶長の役では籠城戦（一五九七年、蔚山《ウルサン》城の戦い）で九死に一生を得ています。飢えと寒さ、水不足に苦しんだ体験から、広大な城内には井戸が百二十もあります。普通の城なら十もあれば十分で、よっぽど苦労をしたのでしょう。猪突猛進といったイメージがありますが、我慢の利く武将だと思いますよ」

　こうして過剰なほどに防御を固めたのは、誰も信じることができなかった政治状況があったと、加藤さんは考えている。

「豊臣恩顧《おんこ》の大名たちは、関ケ原で終わりだとはだれも思ってません。まだ豊臣秀頼が生きているので、もう一回決戦がある可能性があると考えていた。そのためには領国を固めなくてはならない。熊本の東と南北に支城をつくり、西の八代に港をつくった。どこから攻められても大丈夫な布陣をつくった。清正は豊臣の血をなんとか残したいと考えていたので、そのためには自分さえ生きていれば影響力があると思っていた。しかし願いはかないませんでした」

　豊臣家が滅亡した「大坂夏の陣」の四年前、清正は五十歳でこの世を去っている。

◇　　◇

　四十三年前の司馬さんの旅に戻ると、熊本城には行っていない。しかし熊本に着いた日、熊本の旧城下を走っていて、「酒本鍛冶屋」という看板を見つけた。店に入ると、七十過ぎの主人が出てきた。何か買わなければと、司馬さんはとっさに大きな金槌を持ち上げた。鋼の金槌はずっしり重く、五千円ぐらいかと思ったが、

「七百円です」

と、答えが返ってきた。

聞くと、主人は十五代目で、この店は四百年続いているという。この当時でも、四百年前といえば西南戦争はおろか、清正もまだ熊本に入ってはいない。

〈四百年も鍛冶屋さんをつづけていれば、いつのまにか新日本製鉄か住友金属ぐらいになっていそうなものだが、（略）小さな野鍛冶でありつづけているというあたりにえもいえぬ雅趣があるように思われる〉

と、司馬さんは深く感心している。残念ながら今回、この店を見つけることはできなかった。

人吉《ひとよし》の豊潤

司馬さんは『街道をゆく』の担当者H氏と南九州の地図を見つつ、
「いっそ、肥後から山越えで、薩摩に入りましょう。途中、日本でもっとも豊かな隠れ里だったといわれる人吉《ひとよし》を通って」
と、コースを決めている。

熊本県南部の人吉は人口約三万五千。市内を球磨《くま》川が流れ、人吉温泉で知られる。深い山間《やまあい》の盆地だが、古墳が多い。古くから弥生式農法の適地でもあったためだろう。市内に醸造元が二十八軒ある球磨焼酎も米焼酎。観光推進のためのポケットガイド『人吉球磨を歩く』によれば、球磨のニワトリは「ショウチュモッテケェ……」と鳴くと書いてあった。鎌倉時代以降、霧がよく出る豊かな土地を治めてきたのは「相良《さがら》氏」である。

〈まことに相良氏というのはおもしろい〉(「肥薩のみち」以下同)

源頼朝からこの盆地をもらい、明治維新まで延々と六百七十年ほど続いた。これほど長く家系を保った大名家はなかなかいない。しかし、司馬さんはクールに分析する。

〈英雄がこの家系を持続させたのではなく、人吉という地理的事情がこの家系を持続させた〉

初代以来、それほど活躍した人はいなかったようだが、きちんと人吉盆地を守ってきた。室町末期には一時的に膨張し、球磨川を下って八代郡を攻め取り、天草諸島まで版図に収めたことはあった。しかしそれは一時的なことで、大友氏や島津氏が台頭すると、ふたたび天険である盆地にもぐりこんでいる。

人吉城址や相良家の墓地のある願成寺《がんじょうじ》に行き、さらには「青井阿蘇神社」を訪ねて驚いている。

〈球磨川の北岸ぞいの街路を歩いていると、川にのぞんで石段があり、登ってゆくと豪《ごう》宕《とう》な楼門が立ちはだかっていた〉

創建は八〇六（大同元）年、現在の社殿は一六一〇（慶長十五）年から四年かけて造られた。朝鮮出兵に動員された相良氏は加護を祈願、無事帰還して神殿、拝殿、楼門などをプレゼントしたのである。

〈この楼門は、京都あたりに残っている桃山風の建造物（西本願寺の唐門など）などよりもさらに桃山ぶりのエッセンスを感じさせる〉

と、司馬さんの評価は高い。

『人吉球磨を歩く』によれば、青井阿蘇神社の参道は藤純子主演「緋《ひ》牡《ぼ》丹《たん》博《ばく》徒《と》」のロケ地になったこともある。緋牡丹のお竜さんは熊本県五木村の生まれで、緋牡丹の入れ墨は、青井阿蘇神社幣殿の壁にある牡丹の彫刻がモデルといわれているそうだ。

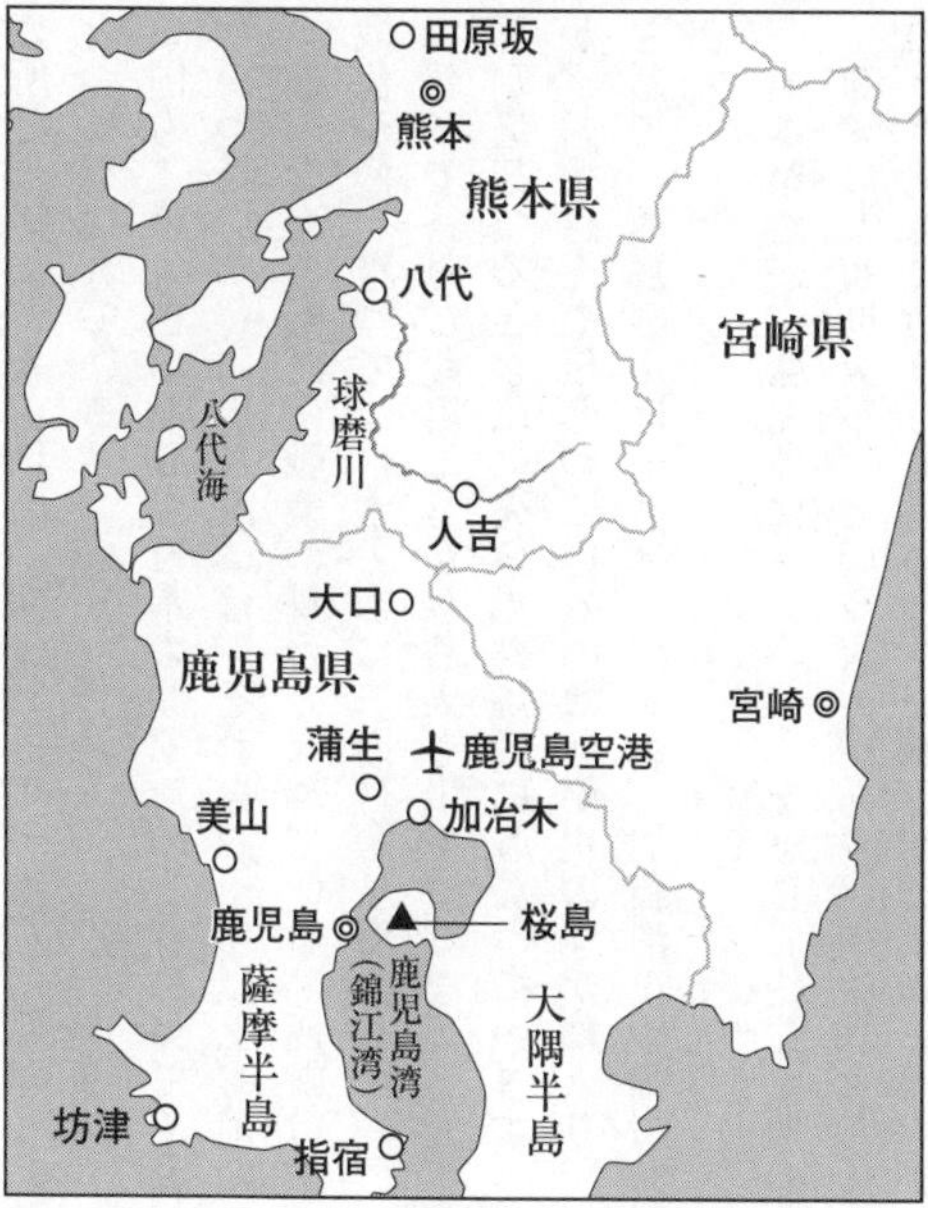

さて、司馬さんの取材から四十三年後、現在の青井阿蘇神社の福川義文宮司（五一）に会った。

「はじめて『肥薩のみち』でウチの神社が出ている件《くだり》を読んだとき、ぞくぞくっとするくらいうれしかったですね」

一九三三（昭和八）年に国宝となり、戦後は重要文化財となったが、二〇〇八（平成二十）年に再び国宝に返り咲いた。十五年には四国遍路や津和野など十七カ所と一緒に、人吉球磨「相良七百年が生んだ保守と進取の文化」が「日本遺産」のひとつに選ばれている。

「国もこの人吉あたりを日本の原風景のように見てくれているようで、日本遺産はうれしかったです。司馬さんには、それを四十年以上も前に感じていただけたんですね」

静かな人吉も西南戦争の舞台となっている。西郷は熊本城を攻める直前に人吉に入り、敗色が濃くなってからも人吉に一カ月余り滞在した。

「親子で官軍と薩軍に分かれる人も出てくるなど、西南戦争で人吉は苦労しました。薩軍が退却するときには火事で丸焼けにもなっています。緊迫した話もたくさんありますが、西郷さんで伝わっているのは球磨川のなかに入り、投網を打っていたといったような話で、西郷さんはやっぱり好かれ、加藤清正や細川家にはあまりなじみのない土地柄です」

熊本県だが、鹿児島にシンパシーを感じている土地のようだ。

「幕末に『寅助《とらすけ》火事』という大火があり、街中はもちろん、お城も焼けてしまった。そのとき肥後に助けを求めましたが断られ、薩摩に行くと小松帯刀《たてわき》がポンとお金を貸してくれた。相良氏と島津氏の関係も大きいですね。ともに鎌倉由来の武士で、縁戚関係もありましたから」

肥後なのに薩摩に近く、まさに「肥薩のみち」にふさわしい。

司馬さんは人吉の宿で夕食のとき、若い仲居さんとの会話を楽しんでいる。仲居さんは町の最新情報を教えてくれた。

……相良の殿様は明治後もずっと町に住み、最近九十歳でお亡くなりになりなはったとですよ。側室のオコウ様がずっと介抱されてました。オコウ様は物腰の丁寧な人で、オコウ様に会釈されると一日嬉しいという人までいたんですが、最近は外出もされまっせん……。

司馬さんは仲居さんの里を聞いた。

「五木という村です」

〈「五木の子守唄」の五木で、日本の秘境といわれた山間である。人吉盆地がいかに奥深いかがわかるであろう〉

この仲居さんの名前は書かれていないが、おそらく「八千代さん」だろうと思われる。人吉の老舗旅館「芳野」の女将田口妙子さんがいう。

「二十年近く前ですが、長く勤めてくれた八千代姐さんが亡くなる数カ月前、『司馬遼太郎先生が随筆のなかに私の名前を出してお書きになっていると思うから、探してちょうだい』といいだしたんです」

話を聞くと、ちょうど「肥薩のみち」や『翔ぶが如く』を書いていた時代に、八千代さんは司馬さんに会ったらしい。八千代さんは女将さんよりずっと年上で、色が白く、瓜実顔《うりざねがお》、竹久夢二が描きそうな美人だったという。五木近くの川辺の生まれで、人に聞かれると説明が難しいので五木と答えてもいたらしい。

「当時はまだ古い宿帳を保管していたので、その時代を調べると司馬遼太郎はなく、福田？一と書いてあったものは出てきました。？の部分はよく覚えていませんが、私の父は田口武一で、田と一が一緒で妙に頭にこびりつきました。何度かいらっしゃっていましたね。でも、司馬遼太郎さんではないので、『ほら、違ったじゃない』というと、あの白髪であのメガネは特徴的で忘れられない、テレビで見た司馬先生にそっくりだったのにと、残念がってました。八千代姐さんが亡くなってから、司馬先生のご本名が福田定一さんと知って驚きましたね」

担当者らしき男性が一緒で、西郷隆盛の資料を集めて大忙しだったという。その男性から、

「有名な先生なんだよ」

と、教えられ、八千代さんはサインがほしくなった。ところが当時の社長さんが、

「うちは料亭旅館で、お客様の秘密は絶対守らんといかん、サインなんかもらっちゃいかんよ」

というため、八千代さんはサインをもらうことができなかった。

「八千代姐さんは悔しかったんでしょうね。そのことをその先生にいうと、先生が『必

ず随筆のどこかにあなたのことを書いてあげるからね』と、笑いながらおっしゃったそうなんです」

女将さんも人吉生まれで、小さいころに相良のお殿様に抱っこされ、お饅頭をもらったことがある。そのお饅頭は司馬さんも話題にした側室の実家でつくられたものだったという。この家に嫁入りしたのは、一九七二（昭和四十七）年で、司馬さんらしき人が来ていたころだった。

「中庭がよく見える五号室がお気に入りで、ときどき中庭に出てたばこを吸っていたらしいです。そういえば八千代姐さん、川下りする先生を送りに行ったこともあるといっていましたね。すぐ近くに球磨川というか支流の山田川が流れていて、姐さんはトントンと石段を下りて川沿いに走り、先生に手を振ったそうです。『先生とさよなら、さよならしたんだよ。それが最後だったよ』と、いっていました。なんだか映画のワンシーンのようですね」

『翔ぶが如く』には、西郷が人吉から川下りの舟に乗る場面がある。西南戦争直前の一八七七（明治十）年二月二十一日朝のことで、熊本城に薩軍が猛攻を仕掛けるのはその翌日のことだった。

〈舟が、岩を避けつつくだりはじめた。ときに、矢のような速さでくだり、しぶきが苫《とま》屋根《やね》を濡らした。苫屋根の下で、西郷は頭に枕をあて、ずっと横になっていた〉

望まない戦争に出発する西郷の心中を書くため、司馬さんも枕をあてて横になっていただろうか。あるいは八千代さんのことを思い出していただろうか。

〈かれの人柄からいえば勝った光景もまたうとましかった。むろん、負けるとは夢にも思っていなかったが〉

と、『翔ぶが如く』にはある。

沈壽官《ちんじゅかん》家の少年（上）

〈沈壽官という、この朝鮮名をもつ薩摩《さつま》焼の家は慶長《けいちょう》のころから十四代つづいていて、薩摩の旧士族である〉

十四代沈壽官さんは一九二六（大正十五）年生まれで、司馬さんよりも三歳年下。司馬さんの短編のなかでも人気が高い「故郷忘《こきょうぼう》じがたく候」（六八年）の主人公である。

その初対面の様子を司馬さんは書いている。

〈薩摩人は客のために笑顔を吝《お》しまないといわれているが、沈壽官氏はその点、いかにも隼人《はやと》ふうであり、座布団をすすめ、膝をゆるめることをすすめ、夫人を督励して茶をすすめ、さらに焼酎をすすめた〉（「故郷忘じがたく候」以下同）

呑むほどに交流は深まっていく。

沈壽官家の先祖は、豊臣秀吉の二度目の朝鮮出兵（一五九七〜九八年）のため、故郷を奪われた人々のなかにいた。島津軍は全羅北道南原《ナムウォン》（朝鮮半島南部）で約八十人の朝鮮人陶工をつかまえ、薩摩に連れて帰っている。十四代は自分の先祖をユーモラスに、

「よほど、運動神経が鈍《にぶ》かでしたろうな」

と、司馬さんに語っている。

当時は茶道が隆盛で、朝鮮渡来の茶器の人気が高かった。

〈島津勢は、そういう時代の流行のなかで朝鮮に討ち入っている。宝の山に入ったような思いであったであろう〉

宝は火と土から生まれる。陶工たちは錬金術師のような存在に思われたのかもしれない。

薩摩に連れてこられた人々はやがて士分の礼遇を受け、苗代川で窯をおこした。たちまち薩摩焼と呼ばれた陶器は人気を呼び、

〈――薩摩はかつて武勇で知られた。いまはやきもので知られている。

とさえいわれた〉

以来、沈壽官家歴代の人々は故郷を思いつつ、薩摩焼を作り続けた。

とくに十二代は名人として知られ、一八七三（明治六）年のウィーン万博を皮切りに、シカゴ、パリ、ハノイ、セントルイスなどの博覧会に出品、「サツマ」は絶賛された。

十四代はその孫にあたる。

「肥薩のみち」の旅は一九七二（昭和四十七）年、「故郷忘じがたく候」を世に出してから四年後のことだった。ただし司馬さん一行が沈壽官宅に立ち寄ったのはたった十五

分でしかない。しかし、つかの間の出会いなのに、同席した須田剋太《こくた》画伯はつぶやいた。

「……あの人は西郷サンですねぇ」

須田さんは十四代に薩摩らしさ、男らしさを感じたらしい。

男らしさといえば、司馬さんは「肥薩のみち」で、十四代を祇園に連れていったときのエピソードを紹介している。

〈「なにかお唄いやす」

と、芸者にそそのかされて、薩摩の兵児《へこ》（青年）が唄いつづけてきた武骨な唄をうたいはじめた〉（「肥薩のみち」以下同）

関ケ原退却戦を伝える「妙円寺《みょうえんじ》詣りの歌」だった。

西軍の島津軍はなぜか戦闘には参加をせず、雌雄が決したころ、東軍が密集する戦場を突破していく。

その勇気と悲しみを伝えつつ、十四代は上体をゆすって唄い、ついには頭をふりたてて立ち上がった。妙円寺詣りの歌は二十二番まであり、やがて島津豊久が主将義弘の身代わりになって戦死する場面になった。

〈敵のつきだす無数の槍のために空中に跳ねあがって死ぬくだりになるとポロポロ涙をこぼし、芸者もぼう然としてしまって三味線を鳴らすのをわすれる始末だった〉

武骨な薩摩人は、芸者さんたちから圧倒的な人気をさらったという。

司馬さんの旅から四十三年後の沈壽官家を訪ねた。

十数軒の窯元が並ぶ美山地区でも、風格漂う士族門に「沈壽官」の表札がある。

十四代は八十八歳になった。

お元気だが、九九（平成十一）年に隠居している。

長男の十五代沈壽官さん（五六）が応対してくれた。歴代で初めて、先代が健在での襲名となった。

「『薩摩焼四百年祭』が終わったとき、跡を継ぐようにいわれました。ただ、引退したら口を出さないでくれという話ですね（笑）。昔に比べても、底のほうにある根性はちっとも変わらない。一個小隊を率いるのではなく、一個師団を率いる人で、ともかく普通の人ではありません。あの人の子どもをつとめるのは、なかなか大変です」

四十三年前と風景はいろいろ変わっている。

鶏小屋はなくなり、中庭の臥竜梅《がりょうばい》も寿命をむかえた。歴代の作品を展示した「収蔵庫」が建てられ、工房が見学できるようになった。

もっとも登り窯は昔のままだし、武家屋敷の構えは変わっていない。屋敷の母屋は島津家が参勤交代のときに使った「御仮屋《おかりや》」でもある。二間つづきの和室には広縁があり、中庭が眺められる。

「臥竜梅の代わりに、いまも春には紅白の梅の花が咲きます。司馬さんと親父はここで差し向かいでよく飲んでいました。私はばあちゃんと二人で、つなぎを使わない十割そばを打つのが役目でした」

十五代は小学生のころから司馬さんに可愛がられている。

初めて手紙をもらったのは小学六年生のときだった。ラ・サール中学（鹿児島）の受験に失敗したときにもらった手紙で、二枚つづきのはがきは、特徴のある司馬さんの文字でびっしり埋まっている。

〈お手紙ありがとう。ラサール惜敗賞として何か惜敗記念にあげましょうと思い、欲しいものはなにかという御手紙を待っていました。きょうやっと着きました〉

十二歳の十五代は「歴史が好きです」と書いたらしい。司馬さん、待ってましたという感じである。

〈それならいい本があります。かつて文藝春秋から出た「大世界史」全二十六巻です〉

十五代は懐かしそうに語る。

「仰天しました。全二十六巻ですよ。もう難しすぎて訳がわかりません。親父から『読んでるか』と聞かれるたびに『読んでます、少しずつ』、そのまま今に至ってます（笑）」

ただし、このはがきには「読書の教え」も書いてあった。

「『読み方は第一巻から順を追って読むのはいけません。好きな巻をぬき出して、好きにまかせて読むのが最良の読書法です』とありました。この読み方はずっと守っています」

さらに司馬さんは『論語』の言葉も書き込んでいる。

「学んで思わざればすなわち罔《くら》く

思うて学ばざればすなわち殆《あやう》し」

そして意味を柔らかく伝えた。

〈知識をうんと頭に入れても「考える」ということをしなければやはりアホウである。しかし「考える」ばかりで知識をもっていなければ非常に危険で、そういう人物を相手にしてはいけない〉

本も読み、勉強もしなさいと、十二歳の少年に語りかけている。

〈人間のモデルは人間にもとめるよりも、野山の樹木に求めるべきです。化学製品でつくったホンコン・フラワーのような人間になってはいけません。ホンコン・フラワーが近ごろ多すぎますね〉

十五代はその後、早稲田実業から早稲田大学教育学部に進んでいる。

「節目にいろいろ言葉をいただいていますね。葛藤はありつつも、陶芸の道を選び、結婚することになり、親父が司馬夫妻に仲人をお願いしました」

八五（昭和六十）年四月のことで、異例の媒酌人《ばいしゃくにん》だった。

「乾杯前の媒酌人の挨拶が一時間半でした。立派な講演会でしたね（笑）。沈家とは、周の武王の時代にまでさかのぼり、十何番目の弟が興したんだと。つまり由緒ある家系なんだと、家内の両親や親戚などに強調してくださったんです」

講演は「故郷忘じがたく候」の解説のようでもあった。江戸時代の旅行家、橘南谿《たちばななんけい》の話をしている。南谿は苗代川の陶工たちを訪ね、朝鮮についての思いを聞くと、

「見たこともない故郷ですが、故郷というものは忘じ難いものであります」

という答えが返ってきた。

〈私はその橘南谿先生の文章通りに題をとっただけのことで、私が作った言葉ではないわけです〉

と、制作秘話にもなっている。

もちろんどこで取材したか、新郎新婦のエピソードも満載だった。

出席者たちは驚きつつも、司馬さんのスピーチに酔ったことだろう。

もっとも新郎新婦は勧められて着席し、司馬さんも着席しつつ話していたが、可哀想なのは十四代夫婦と新婦の両親で、ずっと立ちっぱなしだった。

沈壽官家の少年（下）

かつて司馬さんが沈壽官家の庭先で見た「鶏《にわとり》」は、白色レグホーンといった採卵用の西洋鶏ではなかったようだ。

〈天《あめ》ノ岩戸の前でもって天鈿女命《あめのうずめのみこと》がおかしげに踊りまわっている、そのそばにいる日本古来の鶏である〉（「肥薩のみち」以下同）

闘鶏のために作られた品種の薩摩鶏で、体が大きく、気性は激しい。

〈竜騎兵のように胸を張った凄いのもまじっていた〉

死ぬまで闘うのが薩摩の闘鶏だったが、いまは国指定の天然記念物で、観賞用に飼育されている。

しかし、気性は変わらない。

「竜騎兵のような鶏」は、当代の十五代沈壽官さん（五六）が少年時代に世話をしていた鶏だろう。

薩摩鶏は笹の葉のような羽が見事な大きな尾をもつ。羽色が赤茶色の鶏が「赤笹《あかざさ》」、白が「白笹《しろざさ》」で、雄を一羽ずつ飼っていた。

「気性が激しくケンカをするので、三〇メートルくらい離れたところに鶏小屋を置いていました」

エサをやるのは十五代の役目である。ある日、鶏小屋を開けると、赤笹がスキを突いて飛び出した。

「赤笹は白笹の小屋めがけて一目散に走っていきました。朝の鳴き声で互いの存在を知り、『いつか闘ってやる』と思ってたんでしょう。薩摩鶏の闘いは高く飛ぶ空中戦で、金網越しに二羽がジャンプしての激しい蹴り合いをはじめました」

なんとか捕まえ、二羽とも外傷がないのにほっとしたという。

「ところが次の日の朝、白笹は死んでいたんです。飼っている猫たちがお通夜みたいに小屋のそばに並んで座ってました。白笹は外傷はないけど負けたんですね。プライドを傷つけられ、それが悔しくて息絶えたようです。薩摩の侍が好きだったのはその気性でしょう。親父（十四代）もすまないと思ったのか、それから飼うのは赤笹だけにしていました」

赤笹のように尖った少年時代を過ごしたのが十四代だろう。司馬さんは、十四代の旧制中学の恩師に出会い、悪童ぶりを聞かされている。

〈闘鶏《ケンツキ》のように剽悍《ひょうかん》無類の少年で、職員室の話題だったという〉

やみくもに乱暴していたわけではない。「故郷忘じがたく候」のなかの十四代はほどよく酔いつつ、司馬さんに語っている。

〈「どうしても悲しめぬ性《たち》が如《ごた》る。そいどん、悲しかこつもごわした」と、少年のころ他の日本人にいじめられた話をしてくれたが、終始笑顔を絶やさない〉

沈壽官家の先祖は秀吉の朝鮮出兵時に囚《とら》われ、その後は薩摩藩で士族の扱いを受けつつ、代々薩摩焼を焼き続けてきた。その出自は誇りだったが、明治維新後は差別の原因となることもよくあった。

「故郷忘じがたく候」には、いわれない差別と闘ってきた十四代の話も出てくる。しかし、父を見続けてきた十五代には、複雑な思いがあったようだ。

「あの小説は実は、ちゃんと読んでいないかもしれません。怖くて読めなかったというべきかな」

この小説のおかげで、薩摩焼と沈壽官窯の名声は高まった。

「しかし快く思わない人がいたことも確かです。地元でも批判はありましたし、匿名の電話もよくかかってきました。『朝鮮に帰れ』といった電話を受けるのは中学生だった私の仕事でした。母は怖がるし、父は外出しがちでしたし」

「故郷忘じがたく候」は当たり前だが小説であり、十四代沈壽官のノンフィクションではない。しかし、反響は大きかったようだ。

「父は家業を継ぐことに悩み、議員秘書をしていた時代もあります。決して陶芸一筋の人間ではありません。そんな父の話を司馬先生は深く理解されていたと思います。これは誇張かもしれないなと考え、取捨選択されたところもあるでしょう。いずれにせよ、『故郷忘じがたく候』は沈壽官研究ではありません。沈壽官という存在を通し、司馬先生は日朝や日韓、あるいはアジアというものを伝えたかったのだと思います」

沈壽官窯を訪れるアジアの客人は多い。十五代は訪ねてくる韓国の人にときどきいわれるそうだ。

「『先生はワセダを出てますよね』『そうだよ』『じゃあ、どうして焼き物なんかやってるんですか』。韓国ではやはり、いい大学出て大企業のエアコンの効いた部屋でパソコンに向かって仕事してるほうに憧れますね。若い人はモノづくりになかなか進みません」

十五代は早大教育学部を卒業したあと、京都市立工業試験場で陶磁器づくりを基礎から学んだ。

「たぶん、父より私のほうがモノづくりは好きなんでしょうね」

一九八六（昭和六十一）年にイタリア国立美術陶芸学校に留学している。

「日本を発つ前に、東大阪の司馬先生宅にご挨拶に行きました。将来の夢をいろいろ熱く語ったんですが、先生は『人間というものはああしたい、こうしたいといろいろ考えてはいけません。自分の足元をしっかり見て、自分のやるべきことをどれだけできているのかを考えて行きなさい』とピシャリといわれましたね」

その言葉の重みは、少しずつ十五代に刻み込まれていく。

八九年からは韓国に渡り、芸術コースで知られる韓国の弘益《ホンイク》大学大学院を受験したが、かなわなかった。その後も韓国で修業の場を求めたが、なかなか受け入れてはもらえなかった。

「日本では『在日』とされ、韓国では『日本人』扱いされる。結局、小さなキムチがめ工場に住み込みで働くことになったとき、司馬さんから手紙をいただきました」

かつてラ・サール中学の受験に失敗したときに励ましてくれた司馬さんだったが、このときも「民族」の狭間で悩む十五代にエールを送っている。

〈民族というのは、些末なものです。文化の共有団体でしかなく、種族ではありません〉

中国、韓国、タイ、ミャンマー、ベトナム、そして日本などのアジア人は面差しが違うだけで、極端に骨格が違うわけでもないとし、

〈面差しがちがうのは、風土によります。それだけのことです。(略)文化、環境、自然風土がちがうだけです。血ではありません〉

そして、若き十五代に重要な示唆を授けている。

〈いまの日本人に必要なのは、トランス・ネーションということです。韓国・中国人の心がわかる、同時に強く日本人である、ということです〉

国を思いつつ、国の壁をトランス（移動する、飛び越える）ことが重要だという。

〈兄《けい》の父君は、トランス・ネーションの人です。面映いですが、私も、年少のころからそう心掛けて、自分を一個の〝人類〟に仕上げたつもりです。兄の父君が愛国者（むろん日本への）であるとおなじように、小生もおそらくそうです。真の愛国は、トランス・ネーションの中にうまれます〉

トランス・ネーションは自分の造語だと断りを入れたうえで、最後に語りかけている。

〈兄も、そのようなおつもりでおられると、ラクで、しかも、物を創る心構えにふさわしいかたちになります〉

十五代を励ます二十七年前の手紙だが、司馬さんの言葉は力を失っていない。現代の日本人にとって、おそらく韓国人や中国人にとっても、「トランス・ネーション」は永遠の課題だろう。

◇　◇

十五代は約二十人の職人を率い、機械化を進めた十四代とは逆に、純粋な陶芸家の集団に戻してきた。

「親父の時代は高度経済成長の時代でしたが、これからはオーダーメイドの時代です。

沈壽官窯でしかできない仕事をするため、アナログに特化したいと思っています。枠にはまらない親父には、もっと大きな仕事のほうが合っていたのかもしれない。いずれにせよ、親父の仇は、しっかり討ちたいと思っています。仇とは、沈壽官窯が焼き物の世界で再び強い光を放つことでしょうね」

最後に「腹の石」の話をしてくれた。

「親父がよくいう話なんですが、『人の腹のなかには磊塊《らいかい》という石があり、酒を飲むとその石がふくらんで、ごろごろ腹のなかを転がり回る』というんです。『石は誰でも持っているわけじゃない、俺は持っている』。後悔や妬み、何で俺はこうなんだろうという絶望感など、韓国人でいう恨《ハン》なんでしょう。『石のない男はつまらん』。私ですか？たぶん持っていませんね（笑）」

スケールの大きすぎる父親を持ちつつ、自分の世界を一歩ずつ確立してきた自信を感じた。

蒲生《かもう》の波平さん

「肥薩のみち」を取材していた一九七二（昭和四十七）年三月といえば、『坂の上の雲』『翔ぶが如く』などの連載をかかえて、司馬さんは大忙しだった。しかしひまそうに見えたか、沈壽官さんがいった。

「のんきな旅行ならカモがよか。あすはぜひカモぃおじゃはんか」

カモとは蒲生《かもう》町のこと。鹿児島市から車で約四十分。山林が多く、かつては林業や製紙業がさかんだった。司馬さんが訪ねた当時は町だったが、いまは姶良《あいら》市蒲生町となっている。

「蒲生の武家屋敷町の石垣は青か。あれをよく見ておいてください」

と、沈壽官さんはさらにいう。

〈蒲生の地は現在もそうであるように碁盤の目に町づくりされ、そこに居住して攻防に任ずる郷士の数はざっと九十軒ほどであった〉（「肥薩のみち」以下同）

屋敷には立派な武家門があり、石垣を配した。石垣が苔《こけ》むしているので青ずんで見えるらしい。

蒲生については、海音寺《かいおんじ》潮五郎《ちょうごろう》さんからも聞かされていた。

「変にユーモラスな村ですよ」

海音寺さんは鹿児島県大口《おおくち》の出身で、司馬さんにとっては敬愛する先輩であり、鹿児島についての貴重なナビゲーターだった。

たしかにユーモラスな町らしく、道中、担当記者のHさんがいう。

「蒲生の里にはサムライ会社というのがあるそうですな」

時代は昭和である。「サムライ会社」といってもチョンマゲを結った社員がいるわけではない。

蒲生郷は物成りが悪くてかつては貧しかった。さらにはこの地の人々は歴史上、関ケ原の退却戦で最後まで踏みとどまるなど、薩摩藩でも損な役回りを引き受けてきた。

〈――蒲生衆のいうことならきいてやれ。

という同情が、藩の瓦解のとき藩幹部にはあったにちがいない〉

こうして明治後に藩有林などの払い下げを受け、蒲生衆は「蒲生士族共有社」という会社をつくった。植林し、牧畜し、利益を「旧士族の子弟の学資にあてる」とした。育英資金のおかげで蒲生では、明治初年から上級教育への就学率が高かったそうだ。この「サムライ会社」が第二次大戦直後になぜか話題となる。

「蒲生のサムライ会社が決起する」

という噂が流れ、鹿児島に進駐したアメリカ軍は夜襲部隊をつくり、蒲生郷を包囲。機関銃や迫撃砲を据え、夜明けとともに町長宅に踏み込んだ。寝ぼけ眼の町長をたたき起こした指揮官が、

「リアリィ？（本当か？）」

と詰問したところ、

「いかに蒲生士族が関ケ原以来勇悍《ゆうかん》できこえているといっても、アメリカ合衆国を相手に戦争しようとはおもわない」

と、町長は一笑に付したという。

嘘みたいな話だが、司馬さんはおもしろがって書いている。

戦後は士族以外も育英資金を受け取れる「蒲生殖産興業株式会社」となり、司馬さんが訪ねたときも事業を続けていた。蒲生に到着した司馬さんが町役場を訪ねると、民俗学者の柳田国男翁のような風貌の人が出てきた。小山田《こやまだ》政弘町長だった。町長も「サムライ会社」のおかげで学校を出た人だという。

〈机の上の中折帽をとりあげ、それをちょんと頭にのせると、

「さぁ、町をご案内しましょう」

と、ひどく気の早いひとだった〉

町長と連れ立って歩いていると、いつの間にか同行者が増えていく。「サムライ会社」の重役たちだった。瀬之口澄紀さんと山口正志さんは七十七歳。小山田町長がいった。

「二人はわしをいじめるのですよ」

町長は七十六歳だった。薩摩は長幼のけじめが強い。たった一歳下でも、

「この齢《とし》になってもえらそうにされるんですよ」

と笑う。同行者のもう一人、野村豊一さんに至っては五十代である。

「いつまでたっても小僧あつかいです。（略）寄合のときはビールの栓ぬきばかりさせられます」

と、こぼしていた。しかしこの小僧あつかいされていた野村さんが奮起、司馬さんにも思わぬ影響を与えることになった。

◇　◇

司馬さんの旅から四十三年後の蒲生に行った。町の入り口には、

「日本一の大クス」

と、看板がある。町の中心部にある「蒲生観光交流センター」で小山田町長の孫、小山田邦弘さん（四八）に会った。

「この町で見ていただきたいのは、なんといっても国の特別天然記念物の『日本一の大クス』です。だけど司馬さんは全くスルーされ、大クスのことはひとことも触れられて

ないんですよ。それが不思議です」

蒲生八幡神社境内にそびえ立つ蒲生の大クスは樹齢約千五百年。大化の改新よりも古い。八八（昭和六十三）年の環境庁（当時）の調査で日本一に認定された。

小山田さんは姶良市議会議員で、NPO法人「Lab《ラボ》蒲生郷」のメンバーでもある。

「僕たちのNPOにとって、地域で得た財産を次の町づくりに生かす『サムライ会社』がビジネスモデルです。いいものを集めて外部の人に見てもらうのだから『パリコレと同じ。名前はカモコレにしよう』（笑）。そこでいろいろ話しているうちに、『司馬さんの訪問ってすごい財産だよね』となったんです」

こうして「街道をゆくの世界　蒲生郷文学散歩」が、カモコレの名物企画となった。

まずは明治期の建物が並ぶ「武家屋敷通り」を歩いていく。

「この通りに住む方々は佇まいを大切にしています。僕の友人が最近この辺りに空き家を買いましたが、『お年寄りが毎朝みんなで掃除をされるので大変』とこぼしていました」

「そば処　にいな」という店があった。主人自らがとる天然鮎でダシをとる店で、司馬さんも気に入ったようだ。小山田さんはいう。

「司馬さんは十五代沈壽官さんの仲人をされたときにも、蒲生に立ち寄られ、この店にまた来ています。夫人もご一緒でした。サインをお願いすると、筆がなかったので、墨そのもので、『翔ぶが如く』と色紙に書かれています」

「カモコレ」参加者に、いちばん人気があるのは小山田町長宅。お邪魔すると、庭に面した和室の鴨居に、須田剋太画伯が描いた絵が飾られている。なかには、町長の奥さんを一筆書きした似顔絵もある。

司馬さんが小山田家に残した書もある。「壺中の天」とあった。いまの家主で町長の長男にあたる正彦さん（八七）が教えてくれた。

「壺中の天。壺のなかから狭い視野で世間を見るなちゅうことですね」

小山田町長の写真もあった。鼻の下にかわいいチョビ髭、みごとに禿げている。どこかで見た顔だなあと思っていると、正彦さんがいった。

「サザエさんのお父さんの『波平さん』と子どもらはいいよったです。親父はもともと国語の教員で、授業がいつの間にか脱線してピーチクパーチクしゃべるから雀というあだ名もありました。スパルタで短気な面もありましたが、説教になると長かった。朝礼で子どもらがばたばた倒れましたな」

孫の邦弘さんもいう。

「小学校のときにおじいちゃんがいろんな行事の挨拶に来て、髭や禿げ頭をアピールするのが僕はつらくてつらくて。『この禿げビンタを覚えてますか？』とか『町長の波平でーす』とか、ユーモアがありますが、僕はとにかく恥ずかしかった」

小山田町長は下戸だったという。「僕もそんなに飲めませんが、議員になっていろんな会合に呼ばれます。『お前のじいさんは飲めないのに最後まで付き合ってくれたぞ』といわれ、帰るに帰れないんですよ」

と、どこまでも孫はつらい。

四十三年前の司馬さんは、蒲生八幡神社の丘に続く台上に登っている。

〈この蒲生郷のサムライたちが経てきた各戦役の記念碑が林立していた〉

戊辰戦争、西南戦争、日清日露や太平洋戦争もあり、いちばん古いのは関ケ原の記念碑だった。台上の真正面には竜ケ城のあった山が見える。かつて島津家に滅ぼされた蒲生家の城で、一六〇メートルながらも急斜面。籠城には格好の城とされた。西南戦争では西郷軍が、竜ケ城を最終防衛地点に考えたこともあったようだ。

司馬さんが竜ケ城を見つめていると、「小僧あつかい」と自らいっていた野村豊一さんがいった。

「あの山（竜ケ城）にはビルほどの大きな岩の断崖がありまして、そこにいつの時代に誰が彫ったともわからぬ梵字《ぼんじ》が千六百個ほど残っています」

高台から風景を写生していた須田画伯が、にわかに筆をとめた。

須田さんは象徴世界が大好きで、「梵字」と聞いて瞬間的に心を奪われたのである。

〈私は内心、野村さんまずいことをいってくれた、と当惑した。須田さんが行こうと言

いだすにちがいないとおもったのである〉

予感は的中する。一台のライトバンに乗り込み、悪路にゆられて山の麓まで行き、それから一キロほどを登った。司馬さんは壮齢の四十八歳だが、急坂は大の苦手だった。〈呼吸運動がせわしくなり、心臓がのどから飛び出しそうになった〉

と、いささか大げさではある。

◇　◇

ところで、小山田邦弘さんは司馬さんがどうして蒲生を取り上げてくれたのか不思議に思い、十四代沈壽官さんに聞きに行ったことがある。

「そしたら『あなたのおじいちゃんが観光客を呼びたいといわなかったら、蒲生には行ってなかったかもしれないよ』とおっしゃいました。十四代はじいさんが高校で教師をしていたときの教え子です。さりげなく『蒲生の石垣は青か』と、蒲生の魅力を伝えてくれたようです」

最近の蒲生は道が整備されたこともあり、観光バスがよく来るようになった。〝波平じいさん〟の遺徳かもしれない。

坊津《ぼうのつ》の魅力

司馬さんはときどき地形を大胆に描写することがある。

〈薩摩半島は、三味線のバチを垂直にぶらさげたようなかっこうをしている。そのバチのひらいたさきの、右端が指宿で、左端が坊津である〉（「薩摩坊津まで」『司馬遼太郎が考えたこと8』以下同）

「三味線のバチの左端」こそ、地図を見るたびに気がかりで仕方がない土地だった。薩摩半島の南西端、坊津《ぼうのつ》（鹿児島県南さつま市坊津町）である。

〈梅雨のころ、ともかく坊津への渇きを癒《いや》すだけが目的で出かけることにし、計画をたてた〉

遣唐使船が寄港したとされ、中国の明代には筑前（福岡）の博多津、伊勢（三重）の安濃津とともに「日本三津」に数えられた。中世以降も貿易港として栄えた日本の玄関口だったが、その後は寂れたという。

もっとも司馬さんには過去の坊津には濃厚なイメージがあったが、実際の坊津についてはまったく知らなかったようだ。旅に出たのは一九七四（昭和四十九）年六月のこと。「肥薩のみち」の旅から二年、『翔ぶが如く』も佳境にあった。新潮社の名物女性編集者のKさんも行きたいという。

「つまらないかもしれませんよ」

「いいえ、どこだっていいんです」

と、おおらかに笑った。

〈Kさんは典雅な女性ながら酒は磨《みが》きあげたような玄人《くろうと》である〉

とあるから、相当な焼酎飲みの旅になるかもしれず、

〈おかげでこの紀行文に似たようなものを書かされるはめになってしまっている〉

と、スゴ腕でもあった。

こうして司馬さんは再び鹿児島に向かった。鹿児島空港で降り、錦江湾《きんこうわん》沿いの加治木《かじき》に出て、桜島を左手に見ながらホバークラフトで一気に指宿《いぶすき》まで南下している。

同行者に知識《ちしき》照臣さんがいた。戦国期に薩摩の出水《いずみ》地方を治めてきた知識氏の子孫にあたる。

「島津サンに敗けましてね」

その後も名家の待遇を受け、代々禄高は千石ほどだった。

大正生まれながらも、薩摩士族の教育を受けたという。長男なので、食事のときは弟

妹たちと別な膳を一人でとらされた。飄々《ひょうひょう》としているが、自律的性格と気品が備わり、〈あたまに小ぶりのまげをのせて裃を着せればちゃんと殿中姿になりそうである〉

知識さんが重役をつとめる指宿の観光ホテルでコーヒーを飲んだ。〈私は、知識さんが経営の一端をうけもつこのホテルに泊らないことを詫びた。ところが知識さんは平然としていた〉

それどころか、自分も坊津の宿に泊まりたいという。

「ザコ寝で、五右衛門ぶろだそうですよ。雨漏りは決してしないと思いますけど」

と、Kさんがいった。

坊津は指宿から西へ、車で一時間あまり。東シナ海に面したリアス式海岸にあり、アコウの木のような亜熱帯の照葉樹が多い。

秋目、久志、泊、坊の入り江があり、小さな入り江、泊の集落に予約した鳴海旅館はあった。

ところが予約した鳴海旅館の前に立った司馬さん、戸惑ってしまったようだ。ガラス戸を開けると、家庭用の電気器具などが置かれている。どう見ても町の電器屋で、宿屋には見えない。間違ったかと思っていると、品のいい女将さんが飛んできて、ともかく入るようにいわれた。

商品の陳列の間を通りぬけると、すぐ階段があり、二階が宿になっていた。四室のふすまが開け放たれ、入り江が見え、磯のにおいがした。

「台風の日は大変でございますよ。家じゅうが船みたいに揺れるのでございますよ。家の中にいて何度も船酔いしました」

と、女将さんが笑う。しかし、脅しすぎるのも悪いと思ったか、

「建ってから四十年になりますが、何ともないんでございますよ」

その後、五右衛門風呂を満喫したあと、酒宴となった。司馬さんの小倉の友人、大阪の親しい担当者と、参加者も増えている。

〈アルマイトの薬缶に沸かした焼酎が入れられて、コップで飲むのである〉

そのうち、女将さんが「坊津は民謡の宝庫」といい始めた。

〈坊津の女たちは船が遠洋漁業から帰ってきたといっては浜で踊り、十五夜の月が昇ったといえば町中でおどり、なにかにつけて踊るのである〉

やがて、司馬さんの宴席には珍しく、賑やかな民謡と踊りの夜となっていく。

◇　◇

司馬さんが訪れてから四十一年、女将の林郁子さん（八二）に会った。

「鳴海旅館」は健在で、最近はダイバーが利用することが多い。当時は木造船のような二階屋だったが、いまは場所を移動し、鉄筋三階建てになった。伊勢エビが名物になっている宿を、長男と次男が切り盛りしている。郁子さんがいう。

「最初は普通のお客さんだと思って話していたんです。ついていらした方に司馬先生と教えられ、もう、それから緊張しまして。白髪に赤いシャツが印象的で、芸術家っていうのは違うなと思いました」

先代が昭和初期にはじめた宿で、昭和三十年代から電気製品を扱うようになった。菓子や塩、焼酎など、何でも売るような、いまのコンビニのような店だった。

「近所に電話があるのはうちだけで、地元の方の小宴会や結婚式もやっていました。六畳の四部屋で六十～七十人は入れるため、議会もうちで開いていたんですよ」

かつてはカツオ漁師がほとんどの集落だった。町内無線で、

「九時ごろに太陽丸が帰港します。大漁です」

といった放送があると、町が沸き立ったようだ。

「船に二十人乗っておれば、その家族みんなが漁師の分け前をもらいに行くんです。南洋の女性たちがするように、当時はカツオを入れた籠を頭に載せて運んでいましたね」

司馬さんの夜に話を戻すと、踊りの話が出たところで、郁子さんの友達が浴衣を着てやってきた。司馬さんをひと目見るなり、

「オカシカ」

という。はずかしいという意味で、笑い声にまでリズムがあった。

「さあ、みんなで踊りまッしょ。ハイヤ節から」

賑やかなリズムが三味線で奏でられたが、司馬さんや知識さんは不参加で、Kさんだけが踊りに加わる。

腰を水に掻《か》いくぐらせるようにして落とし、その瞬間に手を舞わせ、白い足袋が軽やかにあがる坊津のお母さん、お嬢さんとは対照的だった。

〈Kさんはどうしても腰が落ちきれず、アメリカ人の阿波踊りのような感じでもあった〉

　つづいて「十五夜」になった。

　坊津などで行われてきた「十五夜の行事」は「南薩摩の十五夜行事」として、八一（昭和五十六）年に国の重要無形民俗文化財に指定されている。

「十五夜踊り」には「踊りこわし」という奇習がある。女子の踊りの輪に、灯油缶などをたたきながら男子が乱入するもので、司馬さんは戦前の話を聞いてすっかり気に入った。

　十五夜の行事は、日の高い時刻から行われ、圧巻は月が昇りはじめてからで、浜では振り袖を着たおおぜいの娘たちが輪になって踊る。

〈そのあいだ、村じゅうの若者《ニセ》どんたちは「風よけ」といって、手をつないで波うち際いっぱいにひろがっている。男女双方が、劇的な構成のなかにいるといっていい〉

　十五夜で踊るいくつかの曲のなかに「おそめ」がある。

「お染、お染と、母の声
　アイと返事は、しながらに
　心はここに沖の船
　袂は涙で染めさんす
　オオ、染めさんす」

やがて娘たちの踊りが最高潮に達すると、「風よけ」の若者衆がどっとむらがり、踊りの邪魔をする。

これが「踊りこわし」で、いったん輪がくずれるが、しばらくすると若者衆が波がひくように去り、踊りの輪が元通りになる。これが幾度もくりかえされ、月が中天にのぼる。

〈上代の歌垣がそのまま生きているといっていい。この夜、ニセドンは自分が想うオゴジョ（娘）の袂をひきちぎり、それを翌朝、その娘の家にかえしにゆくことによって、求婚が成立する〉

十五夜踊りが求婚の場になっていたのは戦前までで、いまは子どもの行事になっているそうだ。

この日の「十五夜踊り」をいっしょに見ていた本間眞砂子さん（八八）にも会った。

「私はただ鳴海旅館のご主人に司馬先生が来られているからと誘われ、座敷に座って黙っていただけなんです。先生が『焼酎おいしいね』と飲まれていたのを覚えています」

ほろ酔いの司馬さんがトイレに立ち上がろうとしたとき、少しよろけたのを本間さんは見逃さなかった。厠《かわや》は階段を下りたところにある。

「こら危ないと思いました。きつくて狭い階段で、一人しか通れません。『先生、手すりをつかんでくださいよ』といいつつ、私は後ろから先生の浴衣の袖を引っ張り、転ばないようにしながらついていきました」

司馬さん、ちょっと〝十五夜気分〟を味わえたのかもしれない。

本間さんはいまや集落で「十五夜踊り」の三味線を弾ける唯一の女性となった。旧暦八月一日の八朔から準備を始める「十五夜行事」、その翌日の宴席にも欠かせない存在だ。

「子どももみんなでハイヤ節を踊り、子どもが帰った夜の十時ごろからは無礼講です。お面をかぶり、ざるやお盆でハイヤ節をみんなで歌って踊って。私も踊りたくてうずうずします。三味線を弾いてくれる後継者が出てくれればねえ。司馬先生のあの晩も、無礼講だったんですよ」

「鳴海旅館」にはいまも二枚の色紙が飾ってある。「楽」と「莫憂（うれいなし）」。司馬さんの宿泊を知った「鳴海旅館」の主人は、急いで隣接する枕崎市に走ったそうだ。何でもあった自分の店に、色紙だけはなかったのである。

余談の余談❹

薩摩隼人と司馬さんの微笑　照れと「男らしさ」を見る

山崎幸雄

古来「隼人《はやと》」と呼ばれ勇猛さを謳われた薩摩人の人格的特徴を、司馬さんは三つほど挙げている。

ひとつは照れ屋であること。そうした恥ずかしがりと正反対の厚かましい態度を薩摩弁では「あいつはゲンネの無か奴じゃ」と言うと司馬さんは紹介している。ゲンネには「含羞」という漢字が宛てられ、含羞を持つ薩摩人の例として西郷隆盛が挙げられている。

ふたつめは心優しさ。これも西郷の例を引きながら、「ひとに接するときにはたえず微笑をしていたように見える」と書く。母音が多くて柔らかい薩摩弁も、「ひとに対する優しさのみを表現しようとして出来あがったものではないかとさえ思える」という。

みっつめは、歴史的に「拗《す》ね意識」を持たなかったこと。

薩摩は豊臣政権が成立したときと、徳川幕府が成立したとき、二度の薩摩処分を受けた。でも二度とも拗ねて「政治的ヒステリー」を起こすことなく苦境に耐え、徳川政権を二百六十年にわたって恐れさせることになった。その態度を司馬さんは「男性的」と呼ぶ。

そこではたと気づくのは、薩摩人の特徴として挙げたこうした気質が、司馬さん自身をも語っているということだ。

人としゃべるとき、司馬さんはいつも自分の言葉に照れているように見えた。仕事の席や公式な場では少し改まるけれど、テレビ出演した司馬さんからもその照れは見てとれる。

そしていつも微笑を絶やさなかった。標準語を話す必要のないときは柔らかな大阪弁を使った。なににつけ、被害者意識から発想することを嫌った。

作家の書くものになにがしか作家自身が投影されているとすれば、男らしさというものが武張った態度とは正反対のものであることを司馬作品の主人公たちが教えてくれる。

講演再録　「少数民族の誇り」

日本人の顔は、シベリアでできあがったようですね。

たとえばアメリカやヨーロッパの人の目はリンゴの皮をクルッとむいたような目ですが、私たちはどうでしょうか。まぶたに、冬布団のような脂肪があって、ヨーロッパ人に比べてポッテリと厚い。

上まぶたの鼻寄りに皺が寄っています。歌舞伎の助六のメーキャップは、その皺を強調して、赤く塗ったものですね。蒙古《もうこ》襞《ひだ》といいます。

そして顴骨《かんこつ》（頬骨《きょうこつ》）がわりあい高く、鼻は少し顔にめり込んでいます。あんまり寒いところに住んでいて鼻を突き出していますと、外気がいきなり入ってくる。

それでめり込ませたのかと思ったりします。

このごろは日本人のルーツをさぐるさまざまな方法が発表されています。

ウイルスを調べる方法があるそうですね。といっても悪いウイルスではなくて、お母さんのおっぱいを赤ちゃんが飲むことで、子孫に伝わるウイルスがある。それがわりと簡単に測定できると聞きました。

また遺伝子を調べる方法もあります。それらの研究によれば、日本人のデータは、文明上からみて深い関係のあった、中国人や朝鮮人とはあまり関係がないようですね。シベリアのバイカル湖付近にいまも住む、ブリヤート・モンゴル人にいちばん共通点が多い。

「ああ、やっぱりそこから来たのか」

という感じですけれども、いつから来たのかはわかりません。いずれにせよ、大昔の、何万年以上も前のことでしょう。

さて、かつて人類にはどうやって食べたらいいかわからないという時期がありました。

いまは安定しています。

農業が発展したおかげですね。農業が発展し、いつでも蔵には去年とれたアワ、ヒエ、コメ、麦があるようになってからのことです。

そうして安定すると、物事を考えたり、文字で記録を残したり、政治をしたり、大宗教を生み出したり、あるいはいろいろよからぬことをしたりで、農業の発展は大きなことです。

しかし農業の不適地はあります。

私の頭のなかには北アジアや中央アジアがあるのですが、不適地に住む人にとっては、きょう獲物が捕れなければ、一家は、一族は飢えるという状態が続いていたと思います。

紀元前の五世紀ぐらいでしょうか、ギリシャにヘロドトスという人が現れました。この人は、歴史を書いた最初の人といわれていますね。

極端なことを言いますと、百年を一ページほどで書く、要約するのが歴史であります。

毎日毎日のことは書けませんから要約する。要約するということは知恵がいります。ヘロドトスには大変な知恵があっただろうと思いますが、そのヘロドトスがギリシャから黒海のあたりを眺めていますと、そこにはスキタイという民族がいました。

ヘロドトスは書いています。

まだ鞍《くら》や鐙《あぶみ》が発明されていない時代でしたから、スキタイは裸馬の背にじかに乗っていました。

スキタイは羊を飼っていて、羊の群れのなかに入って一緒に動いている。

こうすれば、いつも食べ物と一緒ですから、これを考えた人は偉いですな。

これが遊牧というものなんです。

さらに彼らは家屋をフェルトでつくりました。羊の毛を水っぽくして踏んづけ、つまり圧縮すればできるのがフェルトです。それを使ってモンゴル語でいう「ゲル」という家をつくった。家屋というのは固定したものだという頭があったところにゲルをつくった。ゲルだと簡単に移動できます。

家が歩くとグループが歩き、グループが歩くと、スキタイ国も歩きだす。

彼らはギリシャ文明の影響をたっぷり受けていますから、青銅器もつくります。どういうわけだかレリーフが好きでした。

ライオンがそのあたりにいたようですね。ライオンが馬を食べようとしている、あるいは嚙んだ瞬間といった模様が大好きなようですね。スキタイ模様といって、これは朝鮮半島からも出土しています。

こうしてヘロドトスは詳しくスキタイのことを書いているのですが、世界には同時性ということがあるのかもしれません。

それより少し後の中国に司馬遷という不世出の歴史家が現れました。

劉邦のはじめた漢帝国の最盛期は武帝のころです。司馬遷はその時代を生きた人で、このころは匈奴《きょうど》の全盛時代でもありました。

モンゴル語で「人」のことを「フン」といいまして、それに関係があると思います。アイヌ語で「アイヌ」とは「人」という意味だと聞きましたから、それと同じよう

な話ではないでしょうか。知らない民族同士が出会い、

「おまえはなんだ」

「人（フン）だ」

ああそうかと思って、他の民族が「フンヌ」と呼んだのでしょう。

広東語では匈奴の「匈」はたしか「フン」と言います。広東語でハンガリーを表記するときは、「匈牙利」と書きますね。

十九世紀にイギリス人がやってきて世界の国の名前を言ったときに、広東の人は非常にサービスしました。

イギリスは英雄の国だと、「英国」。フランスは法の国だから「法国」。アメリカは美しいので「美国」。

大文明にはいい名前をつけたんですが、ハンガリーにはあんまりサービスする気持ちがなくて、「匈牙利」。

昔の匈奴がハンガリーに行ったという想像があったかもしれません。そうだとすれば、それはなかなか正確な想像かもしれませんね。

とにかく人は飢えていて、獣は足があるから逃げていく。

捕まえるのは大変だというところへ、スキタイが遊牧という文明のシステムを発見した。

日本人は携帯電話も何でも縮める

そんなに恒常的に食べていけるなら参加してしまえということで、多くの人が参加するようになった。

中央アジアから北アジアにかけて、多くの人々が遊牧に参加するようになる。そうすると、東京都内でも鳩居堂前ですか、銀座の地価がいちばん高いというように、遊牧にも等級があります。

たくさんの人を養えるステップ（草原）もあれば、そうでもないステップがあって、最高だったのはモンゴル高原でした。

モンゴル高原は平均標高だと二千メートル弱だと思うのですが、その高原のステップにはニラに似た草が生えていて、その草を食べると羊がよく太るそうです。

こうしていろいろな言葉や習慣をもった者たちがモンゴル高原に集まってきて、匈奴がその中心的な存在になりました。

匈奴は青銅器文明をもち、モンゴル高原で栄えに栄えた。ついにはここで農業帝国との間に確執が起きました。

中国は古代から農業のみで大文明をつくったと言っていいと思いますが、しかし、農業は自然破壊をするものです。

両者はするどく対立しました。

モンゴル人にとっていちばん嫌なのは、モンゴル人が夏に行く場所や、冬に行く場所に行ってみると、それが畑になっていることでした。

遊牧の側からみると、かがんで土をひっかいているのは、卑しむべき自然破壊者ということになります。

草原の土壌は薄く、いったん耕されますと、なかなか戻りません。それどころか、風で薄い土壌は吹き飛んでしまうのです。

毛沢東の時代もそうでしたね。農業でしか中国を食べさせる方法がないと考え、どんどん草原が耕され、そして土が吹き飛んでしまった。

その結果、もう二十年以上も前から北京付近では恒常的な野菜不足が続いています。極論すると、北京郊外まで砂漠が押し寄せている感じです。

しかし、農業帝国の中国の側からみると、遊牧は野蛮そのものでした。

文明と野蛮の違いを、当時の中国人はこう言っています。

野蛮人——匈奴のことですが、奴らはひいじいさんの名前も知らない、と。

うまい言い方ですね。

農業帝国だと非常に暇であります。

ひいじいさんどころか、その前の数代の名前を書いて拝んだりするのが儒教ですね。親孝行の「孝」が儒教の基本でした。

そこでおじいさんまでしか言えないモンゴル人を野蛮だと言うのですが、これを野蛮だと言われたら、野蛮のほうがかわいそうであります。

私もひいじいさんの名前は知りません。皆さんもおじいさんなら知っているでしょうが、ひいじいさんでは難しいのではないでしょうか。

家系で飯を食っている人たちは覚えているでしょうが、これはあくまで例外であり、われわれは野蛮のなかにいることになります。

農業と遊牧との対立はそれだけではありません。

農業はきわめて穏やかな産業なのですが、どうしてか人の心は猛々しくなってしまいます。

農民は倉庫に食べ物をいっぱい詰めることに快感を感じます。穀物が詰まっていると心がやすらぐ。

できるだけ保存して金持ちになりたい、豊かになりたいと思う。しまいに農業帝国は、よその国を取りにいったりしてしまいます。

一方、遊牧は持ち物を最小限にします。たとえば燭台を持つ役割の人がいるとしたら、その燭台はいかにもミニサイズです。できるだけ持ち物は少なくし、それでも持つものはミニ寸法のものにする。

韓国の梨花女子大の李御寧教授の書いた本で、『「縮み」志向の日本人』というおもしろい本がありますね。

日本人は何でも縮める。たとえば携帯電話もだんだん小さくなる。なるほど古い時代からずっと考えてみても、ずっと縮めています。この縮めるという特徴は韓国人にも中国人にもない。日本人にしかないので、やっぱり先祖の血は争えないのかと思ったりします。

しかし、やがて匈奴は衰えます。中国の鉄の武器に、匈奴の青銅器の武器は敗れ去ります。遊牧文明は非常な打撃を受け、復活するのは、はるかに後の時代の十三世紀になります。

ジンギス汗の大膨張と暴発があり、たちまち北アジア、中央アジアを席巻しました。

王朝を興せないと文化も生まれない

樺太《からふと》もフビライ汗の時代には元のものになり、当然ながら日本も服従せよということになった。日本は鎌倉時代でしたが、元の軍勢が博多湾にまで押し寄せ、元寇が始まります。モンゴルはヨーロッパにも進撃します。ポーランド、ドイツあたりまでいってようやく兵をおさめます。

ここで哀れだったのがロシアでした。ロシアはそれまで国らしい国を持っていたとは言えません。

ただスラブ系のコーカソイドが細々と耕していたところへ、モンゴル帝国の一ブランチ（一派）がやってきて、キプチャク汗国という国をつくってしまった。

江上波夫先生によりますと、王朝をつくる、つまり封建制をつくる民族と、つくらない民族がいる。

王朝をつくる名人のような民族がいて、彼らが日本に来た。

騎馬民族征服王朝説ですね。たしかにモンゴル人は王朝をつくる名人でした。もうちょっと江上説を借用して言いますと、琉球王朝がありますね。王朝ができると文化をもちます。

隣に薩摩藩があります。

これは十七世紀以前の話になりますが、その琉球王朝の文化と薩摩の文化を比べてみますと、比べものになりません。

薩摩藩は単なる江戸幕府のブランチであって、文化を興すには至らない。

琉球王朝は大変な文化を興した。王朝を興さないと、文化も興すには至らないということでしょうか。

キプチャク汗国は、「タタールの国」であります。ロシア人にタタールの文化が根づくことになります。どうしてもその後のロシアをみていると、タタールの影響があります。

キプチャク汗国が滅んだあと、ロマノフ家が興りますが、やはり大貴族が何千人もいまして、タタールと同じように、農業奴隷を、つまり農奴を支配していました。不思議なものですね。

タタールにしてみたら、土をひっかいているような奴はろくなものではないと、つい農奴にしちゃったのですが、それが継承された。

ロマノフ朝は二十世紀まで続くことになるのですが、あれだけ農奴支配が続いていては、革命も起こるかもしれませんね。

このようにタタールの影響はロシアにおいて大きかったのですが、キプチャク汗国の時代というのは、あまりロシアの学校では教えないようですな。

数年前に私がモスクワに滞在していると、日本文学の研究者のキム・レーホ先生が訪ねてきてくださいました。

キム先生は朝鮮北部に生まれ、少年時代をロシアで過ごされた方で、われわれと同じような顔をしています。

きれいな生粋のロシア人の女性教授とお見えになりまして、キム先生が言いました。

「ロシアもキプチャク汗国の時代を教えなくてはならない」

すると女性の教授が物柔らかに答えまして、

「だって文化を伝えるって大事ですもの」

と言う。文化じゃないものを教える必要はない、いまのままでいいんだというような顔をされた。

キム先生はムッとされて、

「鉛筆のことを『カランダーシュ』というでしょう。『カランダーシュ』はモンゴルの、つまりキプチャク汗国の言葉で、そのままロシア語になっているじゃないか」

と言われた。

エスノセントリズムが少数者を守った

そのほかにもキム先生はいろいろ言って、女性の教授の方もニコニコしながら、

「いや違います」と言う。きりなく言い合っているものですから、キム先生に申し上げました。

「キム先生や僕らのようなキプチャク汗国の顔をしている者が、そういうことを言う

べきではないですよ」

話は現在になっていきます。

要するに草原の文明というものは、羊が草をはむだけで、人間が過不足なく生きることができるのです。

馬の乳を少し発酵させて飲んでいればビタミンも取れる。フェルトの家もあり、公害などはありません。

いま地球に何の迷惑もかけずに存在している唯一の国は、モンゴルではないかと思ったりします。

私はモンゴルが草原を守ってくれている間は、迷惑をかけることはないだろうと思います。

現代文明がそこまできていて、これから社会体制や経済体制がどう変わっていくのか、私にはわかりません。

しかし、モンゴルの考え深い人たちの多くが、遊牧というものを中心にして国の生きていく道を探すんだとおっしゃっていますから、それは非常に素晴らしいことだと思います。

人間には食欲とか性欲とか、その他と同じぐらいの本能のひとつに、自分の民族がいちばん素晴らしいと思う本能があるらしいですね。

東京大学に、服部四郎先生という教授がいらっしゃいました。モンゴル語やトゥングース語、そして樺太アイヌ語など、ヨーロッパ人が見落としていた、つまりわれわれの近所の国々の言葉を生涯研究されました。服部言語学というべきものをおつくりになった方であります。

惜しくもお亡くなりになり、私は浮世でお目にかかったことがないものですから、随筆を読ませていただきました。『一言語学者の随想』という本であります。服部先生は少数者の言語を研究しながらも、どうしてもわからなかったことがありました。

少数者はどうして少数者であり続けているのかということでした。アイヌの人たちもそうですし、モンゴル人も毅然として少数者にとどまっています。ところが戦後に服部先生はアメリカの文化人類学者と話していて、

「エスノセントリズム」

という言葉を教えてもらった。

これを聞いて、なぜ自分がかかわってきた人々が、あれほど少数者でありながら威厳に満ち、そして自分の文化を守ってきたかがよくわかった。

エスノセントリズムは、自集団中心主義とでも訳せばいいのでしょうか。

人間の本能の中には、自分の民族、風俗、その他がいちばんいいんだという固有の

感情がある。

たとえばイヌイット（エスキモー）がそうですね。

彼らは北極の近くに住んでいて、氷の家を出たり入ったりして、毛皮をたっぷり着て、アザラシの脂肪分をとって生きている。寒そうだ、大変だなとわれわれは思うところですが、イヌイットは自分たちの生活がいちばんいいんだと思っている。

それは素晴らしいですな。

人間はやはり荘厳な生き物です。

そのエスノセントリズムというものがあるから、人間はここまでこられたのかもしれません。

日本のような大きな国だと、日本民族といっても茫漠とした感じがしますが、明治時代の日本民族でしたらキュッと凝り固まって小粒な感じでした。

エスノセントリズムというものが人間の本能のなかにあり、少数者を守ってきた。

動物や植物で考えてみても、どこにでも住める、生きていける動物や植物は、まれですね。

たとえばカブト虫は、緯度の高いところにはいません。イギリスにはいないし、北海道にも元々はいません。

しかし人類はイギリスにもいて、北海道にもいる。北極近くにもいて、赤道直下にもいる。動物学や植物学の世界では、コスモポリタンという言葉を術語として使っていますが、まさに人類はコスモポリタンですね。

お猿も津軽半島の向こうには行けません。お猿には悪いですが、人間のほうが文化を持つものですから、着物や家やその他、必要なものをこしらえて地球全部に住んでいる。

そして自分の固有のものに誇りをもっている。エスノセントリズムというものがあるからこそ、人類は生きていけます。

もっとも、このエスノセントリズムを悪しき方法で注射したり、刺激するといけません。

ファナティックな愛国心をつくったりするのはよくない。

この集団のエスノセントリズムがいいのですよと麻原某が言ったから、彼らのエスノセントリズムが肥大して、あんな事件が起きてしまいました。

エスノセントリズムはたしかにわれわれの本能の中にあり、それは誇るべきものではありますが、けっして野放しにしてはいけないものでもあるのです。

エスノセントリズムがあるから、モンゴル人は堂々としていて、自分たちは世界一いいところに住み、いい暮らしをしていると思っている。

われわれ日本人の文化は茫漠として広すぎるため、なんだか東京ドームのなかに入ったような感じです。

小さなエスノセントリズムを託すには、どうも組織が大きすぎる。

それで日本人は、「ウチの会社」「ウチの銀行」とよく言うのかもしれません。会社が日本人のエスノセントリズムを満足させているのかどうか、そこまで話がいくと、それこそ茫漠とした話で、私にもよくわかりません。

今日はモンゴルという草原の文明について思いつくままにお話ししました。

一九九五年六月三十日　東京・有楽町マリオン朝日ホール　国際シンポジウム「日本・モンゴル　過去から未来へ」特別講演　主催＝モンゴル公文書管理庁、朝日新聞社

（朝日文庫『司馬遼太郎全講演5』より再録）

インタビュー　私と司馬さん

英文学者　井村君江さん
早稲田大学演劇博物館館長　岡室美奈子さん
エッセイスト　岸本葉子さん
写真家、獣医師　竹田津　実さん

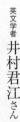

妖精のすみかがあるアイルランド

英文学者 井村君江さん

一九三二年、栃木県生まれ。うつのみや妖精ミュージアム名誉館長、妖精美術館館長、明星大学名誉教授、英国オックスフォード大学、ケンブリッジ大学客員教授。『ケルトの神話』『妖精学入門』『妖精学大全』など著書多数。訳書も多い。
(撮影・工藤隆太郎)

司馬さんの「愛蘭土紀行」で私は、「(小泉)八雲と同様、妖精を感じ、かれらの痕跡を民俗学的に、あるいは文学研究の立場から見つめつづけている日本人学者がいる」と紹介されました。当時はケンブリッジ大学に客員研究員としておりましたが、キングスレー大学で「シェイクスピアと歌舞伎」など日本文化を教えていて知りませんでした。日本の教え子が英国の自宅に、週刊朝日のその号を送ってくれました。

『街道をゆく』は国内編も好きですが、海外は「オランダ紀行」「愛蘭土紀行」など日本との視点を常に忘れずに書かれています。小説を読んでも感じることですが、勝者より弱者の痛みがわかる方です。初めて司馬さんとお会いしたのは、学士会館で一九九二年にあった島田謹二先生の文化功労者のお祝いの会でした。とても優しい方で、「会いたかった」と握手をしていただきました。人間としての大きさと温かさを感じました。

――井村さんは妖精研究では日本の第一人者。妖精関係の本や訳書を百二十冊以上も出版している。

私は小学生のころからグリム童話が好きで、妖精には興味がありました。中世英文学研究者のジョン・ローラーと結婚し、コーンウォールに長く住みました。二十年ほど前に『ゲゲゲの鬼太郎』の作者の水木しげるさんと一緒にアイルランドとイギリスの間にある妖精の国マン島に行きました。小さな島ですが、「妖精橋」があって魅力的で、水木さんも、「鬼太郎は限りなく妖精に近い妖怪なんだ」と喜ばれ、長靴で沼に入られたのが記憶に残っています。

司馬さんが書かれた「レプラコーンに注意」の標識は、愛嬌があってとても好きです。レプラコーンはケチで金をためるイタズラ好きの妖精です。妖精は七十種類以上いて、自然の葉とかミルク、小麦粉、妖精バターなどを食べていると言われます。死ぬことはなくて、どんどん小さくなって、あるとき消えてしまう。日本の幽霊とか妖怪の「死の世界」とは違います。

――井村さんは、小泉八雲と妖精についての研究も進めている。

小泉八雲がアイルランドで妖精に憧れ、日本の出雲で八百万《やおよろず》の神に興味を持って（司馬さんもまた「八百万の妖精」と書いています）、八雲が『怪談』を書いた気持ちがよくわかります。『怪談』に収録されている小品「ひまわり」では「フェアリーリング（妖精の輪）」を探す二人の少年を描いています。

いまの日本はコンクリートの高層ビルに囲まれ、超自然の夢や想像の世界を忘れてしまっています。アイルランドでは、ケルトの精神性ドルイディズムが残され、妖精のすみかもあります。これは本来、日本人がもつ自然観や輪廻《りんね》説に通じるものです。時代が進化するのは悪いことではありませんが、そういう中で、妖精や霊の世界をもっと考えてもらいたいと思っています。司馬さんからの手紙で「アイルランドで憑《つ》いた妖精の加護です」という言葉もいただきました。アイルランドにイェイツをはじめジョイスやワイルド、ベケット、スウィフトなど偉大な文学者が出たのも、私は妖精と関係があると思います。

司馬夫妻と道に迷ったガイド

早稲田大学演劇博物館長　岡室美奈子さん

一九五八年、三重県熊野市生まれ。早稲田大学文学学術院教授。専門はベケット研究、テレビ論など。共編著に『六〇年代演劇再考』『サミュエル・ベケット!――これからの批評』、訳書に『新訳ベケット戯曲全集1　ゴドーを待ちながら/エンドゲーム』など多数。
（撮影・岡田晃奈）

私は高校時代に演劇部で、劇作家の別役実さんの文章を読んでアイルランド生まれの作家、ベケットに興味を持ちました。ベケットは『ゴドーを待ちながら』『しあわせな日々』など名作を数多く書いています。早稲田大学大学院でもベケットの研究を続け、彼の故郷であるアイルランドに一九八六年に留学したのです。アイルランドの人はみな親切です。私は子どもが六人いる家庭にホームステイをしたのですが、とても優しい家族でした。日本と同じで湿度が高く、私の故郷、熊野と同じ暖流文化圏で住みやすかった。想像力が旺盛で、亡霊と語ったり、妖精を見たと言う人もいました。口承文化の伝統があるせいか、会話でも、生き生きとおもしろく語ります。

――岡室さんがアイルランドに留学したときは、日本人は二百人ほどしかいなかった。八〇年代はアイルランドは経済不況が続いていた。

留学した翌年の八七年に司馬先生が「愛蘭土紀行」の取材でダブリンにいらしたのです。私がガイド兼通訳をすることになって緊張しました。ホテルのロビーでカーネーションの花束を持って司馬夫妻一行を待っていたら、司馬先生から「岡室さんですか」と声をかけられました。とても気さくで人懐っこい方でした。

本当はアイルランドにちなんだ花をお贈りしたいと思って、花屋さんに行ったのですが、「アイルランドといえば野草だよ」と言われました。近くで摘むわけにもいかずカーネーションにしたのです。それをすばらしい文章で書いてくださった。私のような大学院生の言うことに耳を傾け、私が書いたベケット論を読んでくださった。「井戸の底から牛をつかみ上げるような論文」と、すごい表現で褒めてくださいました。決して偉そうにせず、謙虚な方でした。

旅の仕方も、有名な名所旧跡を訪ねるよりも、普通の人が生活している所を歩くのがお好きでした。オコンネル通りを司馬夫妻と散歩しているときにガイドの私が道に迷ってしまったのですが、ご夫妻はむしろ楽しそうに一緒に迷ってくださいました。司馬夫人のみどりさんは私の母と出身学校が同じで話も弾みました。

――アイルランドは九〇年代後半にIT産業が参入、ケルティックタイガーと呼ばれる好景気になったが、リーマンショックで不況になった。

アイルランドには二年間留学した後も毎年のように何度も行きました。司馬先生とお目にかかってから何年たっても、名刺を出すと「『愛蘭土紀行』に出ていたね」とよく言われました。司馬作品は高校時代の『竜馬がゆく』が最初で、それから『坂の上の雲』を読みました。小説も好きですが、私は特にエッセーとか批評が好きです。実証的に積み上げていくかと思うと、急に想像をはばたかせて飛躍する。そういう瞬間が好きです。若いときの作品には幻想小説もありましたし、アイルランドの土壌はお好きだったのではないでしょうか。旅行の前にイェイツやジョイス、スウィフトなどの文学やアイルランドの歴史書なども膨大に読んでこられたのに、私の意見もよく聞いてくださいました。いまでもとても感謝しています。

カワイイ司馬さんになるモンゴル

エッセイスト 岸本葉子さん

一九六一年、神奈川県生まれ。北京留学を経て執筆活動をスタート。二〇〇一年にがんと診断され治療を体験。『がんから始まる』『ひとり老後、賢く楽しむ』『岸本葉子の「俳句の学び方」』など著書多数。
（撮影＝大嶋千尋）

『街道をゆく』は、私にとって教科書的な本ですね。取材や旅に出て、宿で『街道をゆく』を読むことがあります。今日私が見て感じたことは外れていないかとか、答え合わせのように読んだりします。

ですから「モンゴル紀行」の若々しい司馬さんに驚きました。モンゴルの風景の中に飛び込んでいき、五感で感じていらっしゃる。一生懸命にモンゴル語をカタコトで話され、知らないモンゴル人と意気投合して抱き合ったり。ほかの『街道』では大家の司馬さんが、とてもカワイイ存在として登場します。「南蛮のみち」には場所のワクワク感がありますが、モンゴルは司馬さんそのものがワクワクしています。空港からウランバートルに向かうバスの中で、司馬さんは最初のころに習ったモンゴル語を思いだして、暗唱します。モンゴルフン、ボルブル、ブス、ブスルジ、バイナ（モンゴル人は帯を締めています）。前の座席で聞いている通訳のツェベクマさんが笑っている。『草原の記』に詳しく書かれているエピソードですが、ツェベクマさんはお母さんのような気持ちで、かわいいなこの日本人はと思ったと思うんです。

モンゴルは司馬さんの青春なんですね。戦争は前面に出てきませんが、モンゴル語を志した司馬さん自身がたどった青春と戦争を追体験することもできます。ツェベクマさんは司馬さんと同世代で、二人は同じ時期に満州（中国東北部）の青春時代を過ごしている。その時代を知らない私たちでも、自分の青春と重ね合わせて読んでしまいます。

――岸本さんは二〇〇四年、「週刊朝日百科　街道をゆく」（朝日新聞出版）の取材でモンゴルを訪ねている。がんの手術後、初の海外の旅だった。

病後初でいきなりゴビ砂漠。ゴビで腸閉塞《へいそく》になったらどうしようとも思いましたが、直感的にそういうところに身を投じるのがいいような気もしました。そこで見たのは、大地と空しかない光景でした。その空も、青がポタポタとしたたってくるようで。野馬が駆け回るような驟《しゅう》雨《う》にあい、それが上がると虹が出る。ラクダに乗り、遊牧民にチーズや馬乳酒をごちそうになりました。この旅は私にとっての大きな贈り物となりました。

――「モンゴル紀行」の最後の場面で、〈ゴビ草原の草花の一本一本につよい哀愁を感じた〉という文章が印象的だったという。

司馬さんが行かれたころにはあり得ないような、外資系企業の看板が、ウランバートルにたくさんありました。でもいざ草原に一歩踏み出したとき、良質のオリーブオイルのような香りに包まれ、ああ、これが司馬さんのいう草花の香りかと感じました。本当に胸にせまる思いがおありだったのでしょう。当時はまだ日本からの直行便もなく、まずソ連に行ってからビザを発行してもらわなければならない。地理的にではなく政治的に遠い国でした。私が行ったころには成田からわずか四時間半の旅です。でも圧倒的なスケールの自然を体験すると、また来たいけれど、次はいつだろうと思ってしまいます。司馬さんのように、離れる前から強い郷愁にかられました。

キタキツネを抱かせてあげたかった

写真家、獣医師　竹田津　実さん

一九三七年、大分県生まれ。随筆家。『キタキツネ物語』『アフリカ』など写真集多数。著書も『子ぎつねヘレンがのこしたもの』『キタキツネの十二か月』『野生からの伝言』など多数。
（撮影・谷本結利）

『街道をゆく』の装画を描いていた画家の安野光雅さんから、「司馬さんが『オホーツク街道』の取材で小清水のあなたの家に立ち寄る予定になったから」という電話をもらったのは一九九一年の秋だったと思います。

司馬さんの作品では『梟の城』で忍者という職業集団に興味を持ちました。それからは『街道をゆく』を何冊か読んだ程度で熱心な読者ではありませんでした。『街道をゆく』は、司馬さんの蓄積した歴史を土台にして書かれていた。僕は「歴史の浅いオホーツクをどのように書くのか」と興味がありました。開拓されて百年ほどしかたっていない地域です。文化的には考古学とアイヌの研究があるぐらいですから。でも司馬ファンは北海道にも多い。司馬さんが描宅に来られたときには、どこからか噂を聞きつけて、旭川のファンなど二十人以上が家を取り囲むほどでした。私が挨拶をすると、司馬さんは開口いちばん「竹田津さんは奈良の方ですか」と聞かれました。僕の先祖は大分の国東《くにさき》半島の海賊だと思っていました。地名にも竹田津港があるし、武田津神社というのも自宅の裏にありました。しかし、その昔をたどると奈良にいた一族だったようです。

——竹田津さんは高校卒業後、名古屋で就職したが、体を壊し、失業保険を受けながら岐阜大学獣医学科で獣医を目指した。大学の北海道での実習で知床に入り、その魅力に惹かれ、斜里郡小清水町の獣医になった。四十年以上生活した小清水から十年前に東川町に転居した。

オホーツクは九州で生まれた私にとって、日本語の通じる外国のようでした。植物も動物も知らないものばかりで、宝物のようでした。小清水で獣医をしながら、野生動物をカメラで撮り続けた。司馬さんが自宅に来られたときも、けがをしたキタキツネなど野生動物が庭にはたくさんいました。当時は知床半島にはアイヌの集落があり、知り合いのおばさんはワタリガラスを神とあがめ、取った魚を毎日捧げていました。アイヌは縄文人の末裔で、弥生人が農耕をして結果的にはアイヌの土地を盗んだ歴史があります。僕には何かその贖罪の気持ちがあって、アイヌの人たちと対等に語るのは気恥ずかしさがありました。

——竹田津さんは、北海道の野生動物だけでなく、アフリカの赤道付近で野生動物を三十年以上撮り続け、最近、写真集を出した。

司馬さんが自宅に来たとき、司馬さんは話がうまくておもしろいから、周りのみんなを引きつけました。私は席を外すことが多かったが、司馬さんの話はつまみ聞きしていてもおもしろかった。司馬さんが来られるというので、新潟から特別な酒を用意したのですが、司馬さんは酒を湯で割って飲んでいた。私がもったいないですよと言うと、司馬さんは「ごめん、私はワイン以上の度数のアルコールは飲めないのです」と言われたのが印象に残っています。自宅の二階に三十人以上が入り込んで、倒壊するのではないかと思ったほどです。もっと少人数だったら、ゆっくり司馬さんと話をして、キタキツネを抱かせてあげたかった。

司馬遼太郎《しばりょうたろう》の街道《かいどう》Ⅲ
愛《あい》した辺境《へんきょう》

朝日文庫

2020年8月30日　第1刷発行

著　者　週刊《しゅうかん》朝《あさ》日《ひ》編集《へんしゅう》部《ぶ》

発行者　三宮博信
発行所　朝日新聞出版
〒104-8011　東京都中央区築地5-3-2
電話　03-5541-8832（編集）
03-5540-7793（販売）
印刷製本　大日本印刷株式会社

ISBN978-4-02-264964-5

「司馬遼太郎記念館」のご案内

司馬遼太郎記念館は自宅と隣接地に建てられた安藤忠雄氏設計の建物で構成されている。広さは、約2300平方メートル。2001年11月に開館した。

数々の作品が生まれた自宅の書斎、四季の変化を見せる雑木林風の自宅の庭、高さ11メートル、地下1階から地上2階までの三層吹き抜けの壁面に、資料本や自著本など2万余冊が収納されている大書架、……などから一人の作家の精神を感じ取っていただく構成になっている。展示中心の見る記念館というより、感じる記念館ということを意図した。この空間で、わずかでもいい、ゆとりの時間をもっていただき、来館者ご自身が思い思いにしばし考える時間をもっていただきたい、という願いを込めている。　（館長　上村洋行）

利用案内

所在地　大阪府東大阪市下小阪3丁目11番18号　〒577-0803
TEL　06-6726-3860、06-6726-3859（友の会）
HP　http://www.shibazaidan.or.jp
開館時間　10:00〜17:00（入館受付は16:30まで）
休館日　毎週月曜日（祝日・振替休日の場合は翌日が休館）
特別資料整理期間（9/1〜10）、年末・年始（12/28〜1/4）
※その他臨時に休館することがあります。

入館料

	一般	団体
大人	500円	400円
高・中学生	300円	240円
小学生	200円	160円

※団体は20名以上
※障害者手帳を持参の方は無料

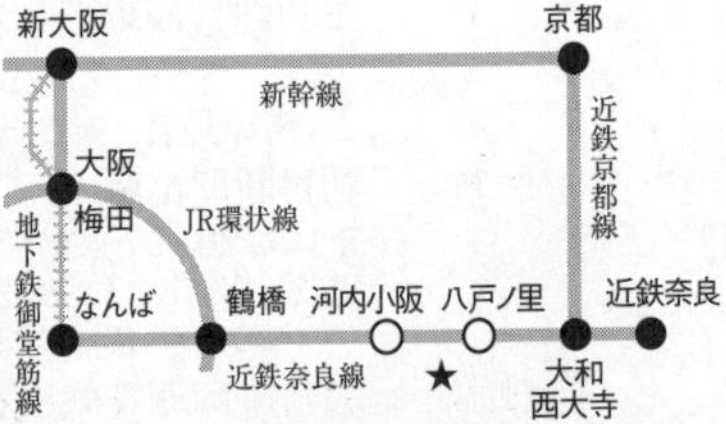

アクセス　近鉄奈良線「河内小阪駅」下車、徒歩12分。「八戸ノ里駅」下車、徒歩8分。
Ⓟ5台　大型バスは近くに無料一時駐車場あり。但し事前にご連絡ください。

記念館友の会　ご案内

友の会は司馬作品を愛し、記念館を支えてくださる会員の皆さんとのコミュニケーションの場です。会員になると、会誌「遼」（年4回発行）をお届けします。また、講演会、交流会、ツアーなど、館の行事に会員価格で参加できるなどの特典があります。

年会費　一般会員3000円　サポート会員1万円　企業サポート会員5万円
お申し込み、お問い合わせは友の会事務局まで
TEL 06-6726-3859　FAX 06-6726-3856